GEORGE CLOONEY

POR FAVOR, CASE-SE COM MINHÃ MÃE

George Clooney

Por favor, case-se com minhã mãe

Susin Nielsen

Tradução: Marina Mariz

Este livro segue as normas do novo ACORDO ORTOGRÁFICO

PANDA BOOKS

Diretor editorial
Marcelo Duarte

Coordenadora editorial
Tatiana Fulas

Assistente editorial
Vanessa Sayuri Sawada
Juliana Paula de Souza

Assistente de arte
Alex Yamaki

Estagiária
Leika Regina Inoue

Diagramação
Olivia Pezzin
Bruno Melnic

Preparação
Alessandra Miranda de Sá

Revisão
Telma Baeza Gonçalves Dias
Carmen Tereza Simões da Costa

CIP-BRASIL. CATALOGAÇÃO NA FONTE
SINDICATO NACIONAL DOS EDITORES DE LIVROS, RJ

Nielsen, Susin
George Clooney, por favor, case-se com minha mãe/ Susin Nielsen; [tradução Marina Mariz]. – 1.ed. – São Paulo: Panda Books, 2011. 192 pp.

Tradução de: Dear George Clooney, please marry my mom

ISBN 978-85-7888-153-5

1. Divórcio – Ficção. 2. Mães e filhas – Ficção. 3. Segunda família – Ficção. 4. Ficção juvenil canadense. I. Mariz, Marina. II. Título.

11-4777 CDD: 819.13
CDU: 821.111(71)-3

2011

Panda Books
Um selo da Editora Original Ltda.
Rua Henrique Schaumann, 286, cj. 41
05413-010 – São Paulo – SP
Tel./Fax: (11) 3088-8444
edoriginal@pandabooks.com.br
www.pandabooks.com.br
twitter.com/pandabooks
blog.pandabooks.com.br
Visite também nossa página no Facebook e no Orkut

Para todos os membros da família:
Nielsen, Fernlund e Dixon.
É uma bênção ter vocês em minha vida.

Agradecimentos

Agradeço a meu filho, Oskar, e a meu marido, Goran, por serem os primeiros leitores e me darem excelentes (e totalmente honestas) críticas. À equipe da Tundra: Kelly Hill, por outra capa maravilhosa; a Sue Tate, que me ajudou, com sua experiência, a preencher os buracos no texto; e, especialmente, a Kathy Lowinger, que viu o diamante em estado bruto e trabalhou-o incansavelmente para me auxiliar a contar a história que eu queria e, principalmente, a contá-la direito.

Obrigada à minha agente, Hilary McMahon, pela paixão, pela gentileza e pelas dicas.

Nota da autora

Escrevi dois livros seguidos que mostram mães separadas com um comportamento suspeito. Devo esclarecer que elas não são como a minha mãe. Mamãe, você também se separou, mas era e é uma rocha, e eu te amo mais do que posso expressar.

A escola de cabeleireiros deste livro tem o nome do meu querido amigo Will Berto. Will, você nos deixou cedo demais, mas vive no coração e na mente de todos os seus amigos. Amo você, e sinto saudade.

Para finalizar – com exceção do incidente da calcinha no vaso sanitário –, esta é uma obra inteiramente fictícia. Todas as referências a pessoas, lugares ou acontecimentos são produto da minha imaginação. Contudo, se George Clooney algum dia quiser me encontrar para discutir algum aspecto deste livro, eu largo tudo e vou no ato.

Só para constar: eu não pretendia mandar minhas duas meias-irmãs para o pronto-socorro.

O que aconteceu foi o seguinte: Rosie – minha irmã inteira – e eu estávamos em Los Angeles para o nosso Natal de Mentirinha. O Natal de verdade já tinha sido comemorado em Vancouver com a mamãe. O Natal de Mentirinha aconteceu no dia 27 de dezembro com o papai. Eu o chamava assim porque tudo nele – da data à árvore, e até mesmo os peitos da Jennica – era falso.

Mas os presentes, não. Eram de verdade, e eram muitos. Rosie ganhou uma boneca, uma fantasia de fada, jogos de computador e o supermercado do Playmobil que ela tanto queria, mas que mamãe não podia comprar. Ele veio com pepinos, maçãs e bananas, tudo pequenininho e de plástico, que você colocava numa banquinha, e também tinha quatro pessoas de plástico. Até eu gostei, e olha que já sou praticamente uma adolescente.

Ganhei um iPod Touch e dois pares de Converse de cano alto. O primeiro era um modelo Chuck Taylor, com rosas e caveiras estampadas no tecido; o segundo era de couro preto. Eram demais. Também ganhei uma saia da Jennica, que jamais usaria, pois nunca uso saia – só jeans e camiseta –, coisa que ela já deveria ter descoberto a essa altura da vida.

Lola e Lucy também ganharam um monte de presentes, embora já tivessem recebido uma tonelada de coisas no Natal de verdade. Jennica não queria que as duas se sentissem excluídas.

Não vou mentir: a parte da visita de abrir os presentes foi legal. O lado esquisito foi a tal da surpresa.

Meu pai foi pegar a gente no aeroporto naquela manhã, um gatão todo bronzeado.

– Tenho uma surpresa pra vocês, meninas – disse ele assim que pegamos a rodovia.

Por um segundo maluco, tipo Poliana, pensei que fosse dizer pra gente que estava dando o fora na Jennica e que ia voltar para Vancouver. Mas, em vez disso, ele nos levou para Santa Monica, um lugar bonito perto do mar. Entrou com o carro no jardim exuberante de uma casa espaçosa, estilo rancho moderno.

– Gostaram? É nossa.

Entendi que por *nossa* ele não queria realmente dizer *nossa.*

– Puxa! – Rosie falou com todas as letras, aquela pessoinha de cinco anos mal conseguindo esconder como estava maravilhada.

– O que aconteceu com o apartamento de Burbank? – perguntei.

Papai deu de ombros.

– Estava ficando meio apertado para nós quatro. E era alugado.

A casa nova era bonita e grande. O piso da varanda não cedia, as calhas não estavam quebradas e eu tinha certeza absoluta de que o telhado não precisava de conserto.

Nada a ver com a nossa casa em Vancouver.

Pensava em algo maldoso pra dizer quando a Esposa Número Dois saiu correndo da casa e nos abraçou.

– Meninas, que delícia ver vocês! – disse Jennica, e me lembrei de novo de como ela era péssima atriz. Jennica continuou: – Adorei seu cabelo, Violet. Quando está comprido ele fica bonito.

Em silêncio, fiz uma promessa íntima de pedir a mamãe que o cortasse novamente quando voltasse.

As gêmeas estavam dormindo. Papai e Jennica levaram-nos para conhecer a casa. Todos os cômodos ficavam em um andar, mas era um andar imenso. Não reconheci nada da velha mobília.

– As coisas antigas não combinavam com este lugar – informou-nos Jennica, passando a mão pelo cabelo loiro. – Além do mais, esta casa é *muuuito* maior que o apartamento.

Mostraram a sala pra gente, com sofás modernos em tons café e castanho-acinzentados, e a cozinha clara e arejada, com eletrodomésticos em inox. Depois apresentaram os quartos, na outra extremidade da casa. A suíte principal era enorme, com uma cama *king size* e um *closet* do tamanho do quarto que eu dividia com a Rosie em casa, mas sem o teto inclinado. As roupas do meu pai ocupavam um oitavo do espaço – o resto do *closet* estava atulhado com coisas da Jennica, que tinha mais roupas do que minha mãe, Rosie e eu juntas.

As gêmeas dormiam no quarto ao lado. Jennica abriu a porta devagar para darmos uma olhada lá dentro.

– Queria que fosse igual a um conto de fadas – ela sussurrou.

As gêmeas dormiam a sono solto, bem à vontade em duas camas iguais de dossel, com a grade levantada para não caírem. Os dosséis e os edredons eram de um tecido rosa brilhante. Acima de uma das camas estava escrito "Princesa Lola" com letras prateadas e, sobre a outra, "Princesa Lucy". Um banco perto da janela estava cheio de almofadas rosa e prata. Estrelas e luas haviam sido pintadas pelo teto inteiro. Os brinquedos ficavam em prateleiras.

– E aqui é o quarto de vocês – informou Jennica, fazendo um gesto grandioso com o braço como se anunciasse uma atração. As paredes em cor bege estavam nuas, a não ser por uma aquarela sem graça de um pôr do sol pendurada entre duas camas bem simplesinhas.

Quando as gêmeas acordaram, abrimos os presentes na sala nova, sentadas no chão, perto da árvore artificial. Eram só três horas quando acabamos, então papai nos levou lá fora. O quintal nos fundos era ainda maior que o da frente. Tinha um balanço, uma caixa de areia e uma piscina em forma de feijão, cercada.

Nosso quintal em Vancouver tinha uma cama elástica enferrujada com uma das pernas quebradas. E lama.

– Não sabia que Jennica gostava de jardinagem – falei pro meu pai, ao ver todas aquelas flores coloridas e várias plantas.

Ele deu risada.

– Ela não gosta. O jardim já existia quando compramos a casa. Ainda bem que a babá tem dedo verde.

Tinha esquecido a babá.

– Está um pouco frio para nadar – disse papai. – Por que não vão brincar na areia?

Sendo uma quase adolescente, a ideia não me atraiu, mas Rosie e as gêmeas adoraram, por isso tiramos a tampa da caixa de areia e elas entraram. Lola e Lucy eram tão gracinhas que até doía. Tinham quase dois anos e haviam herdado os melhores genes dos pais: o cabelo loiro e farto, os grandes olhos castanhos de Jennica, o furinho no queixo e o sorriso radiante de papai.

Rosie e eu não havíamos tido a mesma sorte na loteria genética. Apesar de termos o mesmo pai e uma mãe atraente, só tínhamos herdado o cabelo cor de rato e a miopia do meu pai. Ele usava lentes de contato; nós usávamos óculos. Dele, também, eu ganhara pés e orelhas grandes, além de joelhos protuberantes, bem masculinos.

Tudo isso ficava bem no meu pai, mas, transplantado para uma garota magrela como eu, era o maior desastre.

Brincamos um tempão com as gêmeas na caixa de areia. Elas adoravam ficar comigo e com Rosie, e eu as amaria com todo o meu coração se não as odiasse tanto.

Depois do jantar, ficamos na sala íntima, que era tão grande quanto a sala de estar, só que mais despojada. Papai lia o jornal no sofá, mas, quando Lucy e Lola engatinharam pra perto dele, ele largou o jornal e pegou as duas no colo, chamando-as de "minhas estrelinhas" e fazendo cócegas nas duas, que riam sem controle, balançando freneticamente bracinhos e perninhas.

Rosie ficou olhando, os lábios apertados.

Quando Jennica levou as gêmeas para tomar banho, Rosie saltou na direção dele.

– Papai! – gritou ela, pulando em seu colo.

Papai exclamou:

– Ai! Puxa vida, Rosie, você está grande. Sente a meu lado, tá bom? Está pesada demais pra ficar no colo.

Ele a levantou e a colocou ao lado dele. Depois, pegou o jornal e recomeçou a ler. O lábio inferior de Rosie tremeu, mas ela não disse uma palavra.

– Violet, já ia me esquecendo – falou papai por trás da seção de esportes. – Você pode ir lá fora tampar a caixa de areia? Os vizinhos dos dois lados têm gatos.

– Pode deixar – respondi. Levantei e saí da sala. Só que não fui lá fora; eu me esgueirei até o banheiro gigante da suíte de papai e Jennica e fiz xixi. E não dei descarga.

Quando fomos dormir, Rosie me obrigou a vigiar a porta enquanto punha uma fralda por baixo do pijama.

– Não conta pra ninguém, tá? – ela pediu, pondo o polegar na boca.

Puxei o polegar.

– Jamais.

– Jura por Deus e por tudo que é mais sagrado?

– Juro.

Na manhã seguinte, após o café, as gêmeas quiseram brincar na areia de novo. Peguei aquelas mãos gordinhas e as levei lá fora, Rosie nos acompanhando alguns passos atrás. Papai e a Esposa Número Dois ficaram na cozinha, tomando café.

Tínhamos começado a brincar quando Lola perguntou:

– Que *icho*? – e apontou para dois cocôs de gato meio enterrados na areia.

Só para constar: não me orgulho do que fiz a seguir. Mas também não acho que justifique a piração que veio na sequência.

O que aconteceu foi o seguinte: quando Rosie fez menção de responder, tapei sua boca com a mão:

– É chocolate. Acho que foi o Papai Noel que deixou aqui. Olha, tem um pra cada uma.

As gêmeas enterraram a mão na areia e pegaram os cocôs, que enfiaram na boca. Mastigaram. Engoliram.

E abriram um berreiro.

Papai e Jennica chegaram numa fração de segundo. Quando descobriram o que tinha acontecido (graças a Rosie, que não sabia mentir nem para salvar a própria vida), Jennica quis chamar a polícia. Sério. Papai a fez recuperar a razão – mais ou menos –, e os dois levaram as gêmeas para o hospital mais próximo. Não me pergunte o que ela achava que um médico de pronto-socorro pudesse fazer. Talvez receitasse um megabochecho para as meninas.

Rosie e eu ficamos sozinhas em casa por mais de duas horas. Fomos para a sala íntima e ligamos a TV de tela fininha.

Sabia que estava na maior encrenca. Sabia que mamãe ficaria sabendo. E sabia que deveria me sentir mal com o que tinha feito.

Mas não me sentia. Eu me sentia vazia – tipo assim, se você olhasse dentro de mim naquela hora, não ia ver nada. Só um grande espaço em branco.

Depois de uns 15 minutos de uma reprise de *Arthur*, Rosie falou, sem tirar os olhos da tela:

– Você nunca *me* fez comer cocô.

– Não, Rosie – falei com delicadeza, tirando o polegar dela da boca e pegando sua mão. – E nunca faria.

Jennica nem me olhou quando voltaram. À noite, ouvi papai conversando com mamãe pelo telefone, contando a ela sobre meu "contínuo comportamento problemático". Na manhã seguinte, anunciei que queria voltar para Vancouver. Ninguém discordou. Rosie não queria ir, mas era muito pequena para viajar sozinha, então tinha de ir comigo. Arrumei nossas roupas e os presentes novos, menos a saia, que joguei embaixo da cama.

Estávamos em Vancouver na hora do jantar. O Natal de Mentirinha havia durado pouco mais de 24 horas.

– Que tal uma lavadinha?

Suspirei. Coisa Um (também conhecida como Ashley Anderson) estava plantada à minha frente, um sorrisinho de satisfação na cara, tendo ao lado Coisa Dois (também conhecida como Lauren Janicki).

– É demais pedir pra calar a boca?

Phoebe saltou do lugar dela, bancando a verdadeira e maravilhosa melhor amiga que ela é.

– Sério, tem gente que liga a mínima pra aparência – Ashley disse a Lauren.

– *Não* liga – retruquei.

– Quê?

– *Não liga* a mínima. Se você *liga*, quer dizer que se importa.

É. Eu disse isso. Tem horas que gostaria de arrancar minhas cordas vocais.

Os olhos grandes de Ashley ficaram ainda maiores.

– Ai, meu Deus. Como você é *nerd*!

Ainda sorrindo, ela saiu trotando, seguida obedientemente por seu grupo de uma só.

Ashley estava no topo da cadeia alimentar na escola Emily Carr. Não porque fosse a mais popular. Era só porque agia como se fosse dona do lugar e, por alguma razão, todos engolíamos isso. Irradiava confiança com seu longo cabelo castanho, olhos azuis, peitos de verdade e um estilo único. Assim como hoje: usava uma calça *legging* cor-de-rosa, uma camiseta branca comprida com um cinto largo, botas pretas, brincos de argolas bem grandes e, nos olhos, sombra azul com brilho. Em outra pessoa – por exemplo, *em mim* – teria ficado ridículo. Mas em Ashley parecia o máximo. Lauren era uma versão clonada de Ashley, só que mais baixa, meio esquisitinha, e todos os seus traços pareciam ter sido espremidos no rosto.

Phoebe e eu estávamos bem lá embaixo na cadeia alimentar do sétimo ano, se bem que não no fim; não éramos tipo plânctons, ainda bem. Estávamos mais para gazelas ou camundongos, o que significava que a Coisa Um e a Coisa Dois podiam nos comer no café da manhã sempre que estivessem a fim.

Dei uma olhada na minha camiseta. Lógico que tinha uma mancha, provavelmente de molho de espaguete. Não sei como não havia percebido isso de manhã. A verdade é que eu vestia Rosie e a mim com as roupas sujas menos sujas desde que tínhamos voltado de Los Angeles, porque a máquina de lavar continuava quebrada e mamãe ainda não havia tido chance de ir à lavanderia.

Disfarçadamente, inspirei um sovaco, depois o outro, dando uma checada. Graças a Deus, só senti cheiro de desodorante.

Phoebe cochichou:

– Vá em casa hoje à noite lavar a roupa. Cathy e Günter não vão ligar.

Cathy e Günter eram os pais de Phoebe. Cathy era sino-canadense, e Günter, suíço-canadense. Os dois eram psicólogos e não gostavam de ser chamados de mamãe e papai porque soava "hierárquico demais".

– Acho que vou topar – disse a ela. Levantei o punho e fizemos o toque secreto.

Phoebe era minha melhor amiga desde o jardim de infância, quando a professora nos transformou em coleguinhas de banheiro.

Uma vez não consegui segurar e fiz xixi na calça. Phoebe me ajudou a jogar a calcinha ensopada na privada e nunca abriu o bico pra ninguém, nem mesmo depois que a privada entupiu e inundou o porão, e a escola tentou descobrir quem tinha obstruído o ralo com uma calcinha.

Isso é que é lealdade.

Phoebe também me compreendia mais do que qualquer um, até minha mãe. Como era de prever, mamãe havia pirado com o incidente do cocô. Fiquei de castigo pelo resto dos feriados de Natal, inclusive na véspera do Ano-Novo, o que foi péssimo, porque tive de recusar um monte de convites para festas... que nada! Minha mãe não fazia ideia de que me proibir de sair era um castigo sem sentido, já que, além de me encontrar com Phoebe – o que podia fazer, mesmo estando de castigo –, não tinha vida social.

Mas, quando contei a Phoebe o que tinha acontecido, ela disse o seguinte:

– Nossa! Qual era o *tamanho* deles?

E depois:

– Não acredito que elas... Entendo que tenha se sentido tentada. Mas não acredito que *fez* mesmo isso.

E ainda completou:

– Você descontou sua raiva nas pessoas erradas.

Daí esquecemos o assunto e trocamos presentes de Natal. Dei pra Phoebe um caderno com um adesivo de um menino na capa que dizia: *Meninos são péssima ideia. Jogue pedra neles.* Ela me deu uma Bola 8 Mágica. Era grande como uma bola de beisebol e supostamente previa o futuro. Você fazia uma pergunta, chacoalhava a bola e uma resposta aparecia, flutuando dentro de um triângulo, numa janelinha redonda na base da bola. Fizemos um monte de perguntas, inclusive a minha predileta:

– O cabelo de Ashley vai cair aos punhados este ano?

A Bola 8 Mágica respondeu: *Com certeza.*

Que presente incrível.

– Olha, Violet – cochichou Phoebe –, é seu namorado.

Jean-Paul Bouchard havia acabado de entrar na sala. Tinha chegado à escola no final de outubro, vindo de Winnipeg. Era sério que era uma graça, mas *não era* sério que era meu namorado. Primeiro porque um cara como ele nunca ia olhar para uma garota como eu; e, segundo, porque eu tinha feito uma promessa a mim mesma na fase pós-Jonathan de que nunca namoraria, porque o amor não vale o trabalho que dá.

Vimos o olhar de Ashley acompanhar sutilmente Jean-Paul enquanto ele andava pela classe, como um caçador que vigia a presa. Ela conversava com Lauren e Claudia e mostrou ser ótima atriz, fingindo prestar a maior atenção no que diziam. Mas, assim que Jean-Paul se sentou, Ashley largou as amigas e foi para a cadeira na frente da dele. Virou-se, exibiu-lhe um sorriso perolado e começou a bater papo.

– Odeio ela – murmurei.

– Gostaria de ser ela – replicou Phoebe.

E nós duas sabíamos que era perfeitamente natural sentir as duas coisas ao mesmo tempo.

Phoebe tinha aula de mandarim depois da escola, então peguei Rosie na creche, no porão da escola, onde ela ficava após as aulas. Quando entrei, Rosie estava num canto chupando o dedão.

– O que aconteceu, Rosie?

– Isabelle rasgou minhas asas de fada.

Ela tirou o dedo da boca e mostrou-me as asas da fantasia que tinha ganhado de papai. Uma delas tinha um pedacinho rasgado.

– Ela fez de propósito.

– Tem certeza?

– Tenho.

– E por que está no canto do castigo?

– Porque mordi ela.

– Ah!

Alison, uma das tias da creche, foi até onde estávamos.

– É a terceira vez que ela morde Isabelle este ano – falou ela, como se Rosie não estivesse ali.

– A menina rasgou as asas dela. Foram presente do meu pai.

– Isso não é desculpa para morder. Você conta pra sua mãe o que aconteceu ou mando um bilhete?

Estendi as mãos e fiz Rosie levantar, recusando-me a olhar para Alison.

– Eu conto – era mentira. Depois, para Rosie: – Acho que consigo consertar as asas.

Fui segurando a mão de Rosie enquanto andávamos as duas quadras até a rua Principal, minha mochila pendurada em um ombro, a mochila de Rosie, no outro. O capuz da jaqueta nos protegia da fria chuva de janeiro.

Quando chegamos, paramos para Rosie poder espremer o nariz na vitrine da padaria Liberdade e ver as delícias de dar água na boca que ficavam no balcão em redomas de vidro. Alguns blocos adiante, atravessamos a Rei Eduardo e paramos pra inalar o cheiro de bacon que vinha da lanchonete da Helen. Mais uma quadra e chegamos à escola de cabeleireiros William Berto. Abri a porta e subimos a escada.

A escola ocupava todo o segundo andar do prédio. Perto das janelas que davam para a rua, uma fileira de estações de trabalho para os alunos, com cadeiras giratórias e espelhos gigantes. Na parede do fundo havia uma fileira de lavatórios. Alguns alunos estavam nas estações, cortando e tingindo o cabelo de clientes. Como sempre precisavam de cabeças para treinar, a escola anunciava cortes a cinco dólares, o que lhe dava um fluxo constante de pessoas.

– Oi, meninas! – cumprimentou minha mãe, acenando para nós. Ela estava aparando o cabelo de uma amiga, Amanda. Ela parou o que fazia e deu um abraço em cada uma de nós.

Embora estivesse no final da casa dos trinta, mamãe ainda era muito bonita. Tinha um cabelo castanho grosso que caía até os ombros, olhos verdes e lábios que meu pai costumava chamar de irresistivelmente beijáveis. Até que ela conseguia manter bem a silhueta – pelo menos, a maior parte dela.

O que eu não aguentava eram as roupas. Ela havia começado a se vestir de maneira diferente depois que os papéis do divórcio foram assinados. Os jeans eram apertados demais e a blusa, levantada para deixar a barriga à mostra – uma barriga que já tinha esticado não uma, mas duas vezes pra acomodar bebês. Mamãe tinha um pneu de gordura sobre a cintura da calça. Para coroar, usava um *piercing* no umbigo – presente tardio da amiga Karen, depois de terem tomado umas margaritas a mais certa noite.

Sentei-me na cadeira ao lado de Amanda, que falou, tocando nossas mãos:

– Bom ver vocês, meninas.

Amanda era mais nova que minha mãe e usava roupas bem legais, uma combinação de coisas de segunda mão e suéteres incríveis que ela mesma tricotava. E, mesmo provavelmente ficando bem sem eles, raramente expunha muito o corpo. Bem que a mamãe poderia assimilar dicas de moda de Amanda, e não só da outra amiga dela.

– Obrigada pelos gorros. A gente vive usando – disse a Amanda, enquanto tirava meu boné. Ela havia tricotado um para mim e outro para Rosie. Presente de Natal. O meu era um cachorro, com olhos e bigodes, e as abas laterais imitavam as orelhas de um *beagle*. O de Rosie era um gatinho, com as orelhinhas costuradas na parte de cima.

– Pode cortar meu cabelo quando acabar? – perguntei a mamãe.

– Achei que ia deixá-lo crescer.

– Mudei de ideia.

– Quero brincar numa cadeira – disse Rosie. Ela adorava ficar girando na cadeira até ficar tão tonta que não conseguisse parar em pé.

– Claro, querida. Use uma lá do canto.

Rosie saiu correndo.

Depois que ela saiu, Amanda pegou minha mão e a apertou.

– Violet, você sabe que a adoro. Mas cocô de gato?

Virei-me para mamãe.

– Precisava contar pra todo mundo?

– Amanda não é todo mundo – mamãe respondeu. – É uma de minhas melhores amigas.

– Desde que não tenha contado pra *outra* melhor amiga – retruquei, bem quando ouvi uma risadinha atrás de mim.

Não precisava me virar porque podia vê-la pelo espelho. Karen, aproximando-se em alta velocidade. Sabe aqueles desenhos animados antigos em que o personagem tem uma versão dele mesmo de anjo em um ombro e outra de um diabinho no outro? Então, Amanda era tipo a versão anjo de mamãe, porque fazia aflorar o que tinha de melhor. Karen era a versão diabo, porque puxava o pior.

– Cocô de gato! – ela grunhiu, um cigarro apagado pendurado na boca. – Tiro meu chapéu pra você, Violet; é um golpe baixo bem criativo.

– Oi, Karen. Blusa legal – comentei, apontando para o *top* preto, menor do que deveria ser, no qual havia um anúncio em letras douradas garrafais: "pantera". Dava para ver claramente o sutiã rosa por baixo. Ela usava uma camada grossa de maquiagem e o cabelo era pintado de loiro platinado.

Mamãe e Karen tinham o que minha mãe chamava de "história". Haviam trabalhado juntas no cinema e na televisão – mamãe como cabeleireira principal; Karen como assistente dela. Karen estava presente quando minha mãe conheceu meu pai. Pouco tempo após o nascimento de Rosie, mamãe havia parado de trabalhar para ficar com a gente, mas, quando papai se mandou, ela precisou achar um trabalho depressa. Um emprego com horário e salário no fim do mês. Foi assim que acabou dando aulas na escola de cabeleireiros William Berto. Era no mesmo bairro, o salário servia, e adoravam o trabalho de minha mãe. Em um ano, fora promovida a assistente da gerência. Seis meses depois, mamãe contratara Karen, que tinha sido despedida de duas produções seguidas por chegar sempre atrasada.

É. Essa era minha mãe: sempre querendo ver o melhor nas pessoas, mesmo quando estava evidente pra todo mundo que essas pessoas eram um fracasso.

– Talvez esteja precisando ver a terapeuta de novo – Karen me disse enquanto retocava o batom. – Esse é um comportamento bem perverso.

Meu rosto pegou fogo. Oh, às vezes eu a odiava.

Minha mãe interrompeu em seu tom de alerta:

– Karen, já cuidei disso. E Violet vai pedir desculpas. Não vai, Violet?

– Precisamos muito consertar a máquina de lavar – falei.

– Eu sei. E nós vamos, daqui a poucas semanas. Ainda estou pagando o Natal.

– Se visse a casa nova do papai...

– Violet...

– Como é a casa nova? – perguntou Amanda.

– É enorme. Acabaram de comprar. Está na cara que o papai tem grana. Ele tem muito mais dinheiro do que quando vocês dois se separaram.

– Violet, chega. Já falamos sobre isso. Não quero pegar mais dinheiro dele.

– Mas *por quê* ?

– Porque ela não quer esmolas daquele filho da mãe traidor, certo, Ingrid? – falou Karen.

– Karen, não xingue o pai das meninas na frente delas – mamãe pediu.

– Opa! – Karen respondeu, sem parecer nem um pouco arrependida. – Vou sair para fumar.

Saiu trotando nos sapatos de salto plataforma. Amanda levantou discretamente uma das sobrancelhas para mim, pelo espelho, e eu retribuí. Podia quase jurar que ela também não era muito fã de Karen.

– Vou ter de pedir que faça o jantar pra você e Rosie hoje – mamãe disse, voltando a atenção para o corte do longo cabelo ruivo de Amanda. – Tem pizza no *freezer*.

– Por quê? O que você vai fazer? – perguntei, já odiando a resposta.

– Tenho um encontro.

É incrível como três palavrinhas podem nos dar vontade de vomitar.

– Por favor, diga que não vai sair com Alphonse de novo – comentou Amanda torcendo o nariz.

Alphonse era um babaca que mamãe tinha conhecido no Havalife, uma agência de encontros on-line que ela utilizava por influência de Karen. Devia ser o quinto cara que conhecia assim. Todos eram uns fracassados, mas Alphonse alcançara uma categoria própria. Duas vezes havia levado minha mãe a restaurantes bacanas. Duas vezes pedira as coisas mais caras do cardápio. Duas vezes "esquecera" a carteira e mamãe tivera de pagar.

– Não é o Alphonse, me dá algum crédito.

Amanda e eu trocamos outro olhar. Queríamos lhe dar algum crédito, queríamos muito.

– Este é novo. Não o conheci on-line. Eu o conheci ao vivo.

– Onde? – perguntou Amanda.

– Ele veio cortar o cabelo na semana passada.

– Bem, então já sabemos que é pobre – eu disse.

Mamãe me ignorou.

– Ele parece ser um amor.

Você disse exatamente a mesma coisa sobre os outros fracassados que namorou, era o que eu desejava dizer.

– Muito... autêntico.

Idem.

Amanda franziu os lábios. Mas disse apenas:

– Pena que não conseguimos te arranjar nada com *ele*.

Ela fez um sinal com a cabeça em direção à foto de papel acetinado pendurada na área em que mamãe trabalhava, onde havia também um punhado de fotos minhas e de Rosie. Sorrindo para nós do retrato ao lado estava George Clooney.

Mamãe adorava George Clooney. Gostava dele muito antes de ficar superfamoso. Ela o adorava desde que o tinha visto num seriado de TV chamado *Vivendo e aprendendo*, que passava quando era adolescente, lá por volta da Idade Média. Eu o tinha visto algumas vezes num desses canais a cabo que só transmitem seriados dos anos 1980, década em que todo mundo – até mesmo George – parecia ter um cabelo péssimo.

A foto que mamãe guardava era mais velha que eu, mas estava autografada com o nome dela porque ela havia *mesmo* conhecido George Clooney. Quando era ainda iniciante na profissão, precisava atender aos chamados para substituir algum cabeleireiro que estivesse doente. Certo dia, foi solicitada por um estúdio, e quem entrou? O próprio George. Ela havia arrumado *mesmo* o cabelo dele. É isso aí: tocara na cabeça dele. E é óbvio que Clooney tinha gostado dela, porque escrevera na foto: "Para Ingrid – que nossos caminhos se cruzem de novo".

Mesmo agora, olhando a foto, ela ficava toda derretida.

– Ele era incrível. Um doce, um charme. Incrivelmente *lindo*... era perfeito.

– Queria uma mecha rosa. *Uma!*

Mamãe desviou o olhar de George Clooney. Três cadeiras adiante, estava sentada uma mulher mais velha, que gritava com um aluno assustado. O cabelo inteiro dela estava cor-de-rosa.

Mamãe respirou fundo:

– Vou ter de cortar seu cabelo outra hora, Violet.

Ela largou a tesoura e foi administrar a crise.

Eu me despedi de Amanda e tirei Rosie da cadeira. Ela cambaleou e despencou no chão, morrendo de rir.

– Que divertido!

– Vamos nessa – falei, arrumando seus óculos, que estavam tortos, e fazendo com que levantasse. – Temos muita coisa pra fazer quando chegarmos em casa.

Não me referia só a lavar a roupa, mas também a terminar o dever de casa e fazer o jantar.

Porque, quando mamãe tinha um encontro, ela não era a única que precisava se preparar.

Ele estacionou do outro lado da rua e ficou sentado no Toyota Corolla amarelo-banana. Não era um modelo novo. Não consegui vê-lo direito pelo binóculo.

Estava de joelhos no meu pufe vermelho, olhando pela janelinha que havia entre minha cama e a de Rosie. Com a mão livre, enfiei a mão no saco de salgadinhos – aperitivo para a pizza.

De repente, Rosie entrou no quarto só de calcinha e com um escorredor de macarrão enfiado na cabeça.

– Deixa eu ver, deixa eu ver! – ela gritou enquanto saltava para cima da cama, tomando cuidado para não bater a cabeça no teto inclinado. Depois, lançou-se no pufe e tentou abrir a cortina.

– Rosie! Você quase me entregou! – falei, brava. Ela tentava tirar o binóculo de mim. – Para com isso! Ele está abrindo a porta.

Dei uma olhada no relógio. Eram exatamente seis horas da tarde. Isso o colocava um passo à frente de Larry Sobrancelha Única, que, durante o breve período em que namorou a mamãe, sempre se atrasava de meia hora a noventa minutos. Claro, tudo fez mais sentido quando mamãe descobriu que ele era casado. E tinha quatro filhos.

Tentei examinar bem o novo namorado enquanto atravessava a rua, mas ele olhou em direção à janela e tive de me abaixar depressa.

Ouvimos os passos dele nos degraus da velha escada de madeira. Aí ele tocou a campainha. Sabíamos que tinha tocado, mesmo sem ouvir o som. Ela estava quebrada havia mais de um ano.

Rosie se levantou, mas eu peguei o braço dela.

– Rosie, você conhece as regras. Ainda não. Além do mais, se quer atender à porta, precisa colocar uma roupa.

Rosie enfiou a roupa que estava usando antes e eu peguei minha Bola 8 Mágica na prateleira.

Sabia que o namorado de mamãe tocava a campainha de novo. Sabia que ele já começava a achar que tivesse errado de endereço ou, pior, tivesse levado um bolo.

– Esse cara vai ser melhor que os outros? – perguntei à Bola 8 Mágica, dando uma boa chacoalhada e virando-a de ponta-cabeça.

Altamente duvidoso, dizia-me ela. Eu a coloquei de volta na prateleira.

Finalmente – já sabia –, ele bateu à porta.

– Violet, você pode atender? Ainda estou me arrumando – gritou mamãe do banheiro, no fundo do corredor.

– Pode deixar – gritei de volta.

– Seja simpática!

Caminhei devagar até a escada. Rosie, ainda com o escorredor na cabeça, tentou passar na minha frente, mas abri os braços para impedir sua passagem.

– Deixa que eu atendo! – ela berrou.

– Rosie, o que foi que eu te disse?

Rosie suspirou.

Ao continuar descendo feito lesma, fiz minha oração: "Querido Deus, Alá, Buda, Zeus, quem quer que você seja. Por favor, faça este ser legal. Não deixe que seja um traidor (Jonathan), um pobretão (Alphonse), um alcoólico (Carl), um idiota (Guy), casado (Larry) ou um cretino de modo geral (Dimitri, Paulo, Jake, Yuri)".

Terminei a oração, muito embora seja cética em relação ao amor, porque sei que minha mãe não é. Depois do que aconteceu com papai, seria de esperar que ela desistisse dos homens e se contentasse com uma vida dedicada à criação das filhas, ao trabalho e ao celibato. Mas não. Apesar de uma lista crescente de fracassos épicos, mamãe tinha essa necessidade maluca de ter um homem em sua vida. Então, namorava como se não houvesse amanhã, esperando que o próximo carinha fosse o certo.

Se eu achava que era uma doença? Sim! *Se achava trágico?* É claro! Mas também sabia que ela não iria parar até ter encontrado sua versão do homem certo e que, quando conseguisse, Rosie e eu teríamos de viver com isso também, porque, fala sério, fazíamos parte do pacote.

Então, sim: uma pequena parte minha não tinha opção a não ser esperar que o próximo cara fosse espetacularmente lindo, alguém que poria fim àqueles namoros em série, que eram uma tortura para todo mundo.

Quando ele começou a bater de novo, abri a porta.

O sujeito piscou como uma toupeira assustada.

– Ah, oi. Achei que não tivesse ninguém em casa.

Dei a clássica olhada de cima a baixo.

Ele era roliço. A pele branca, coberta de sardas. As orelhas eram pequenas demais para a cabeça. O cabelo era de um castanho-avermelhado e ralo. Usava um suéter multicolorido. Apesar de largo, não conseguia esconder os peitinhos salientes.

– Você deve ser Rosie – disse ele, abaixando para apertar a mão dela. – Adorei o chapéu.

– É uma coroa – Rosie sorriu radiante.

Amo minha irmãzinha. De verdade. Mas ela dificultava meu trabalho, porque, como mamãe, era otimista, o que significava que gostava de *todos* os namorados, pelo menos no começo.

– E você deve ser Violet – disse-me ele estendendo a mão. Eu a apertei. A pele estava úmida e grudenta. – Sou Dudley – continuou. – Dudley Wiener.

Grrrr. Já tinha visto o bastante. Virei-me sem uma palavra. Subi a escada e entrei no quarto, onde joguei as roupas e os lençóis num saco, para levar à casa de Phoebe. Em seguida, fui ao quarto de mamãe e coloquei as roupas dela no saco. Quando acabei, arrumei toda a maquiagem e seus perfumes em cima da penteadeira em fileiras precisas, do mais alto ao mais baixo.

Era o décimo cara com quem minha mãe namorava depois de papai. O décimo cara que não seria bom o suficiente para ela. O décimo cara que ou ia lhe dar o fora, porque era muito pegajosa, ou ia fazer algo tão horrível que mamãe seria obrigada a dispensá-lo. O décimo cara que nem chegaria perto de ser o certo.

Eu não podia mais ser apenas uma observadora. Precisava fazer alguma coisa.

Mas, primeiro, uma historinha.

Minha mãe e meu pai se conheceram 14 anos atrás, no estúdio de um programa de televisão chamado *Crime beaters* [Campeões contra o crime]. Era sobre um bando de detetives que resolvia um crime diferente a cada semana. Meu pai era o primeiro diretor assistente, o que quer dizer que era quem gritava para a equipe se apressar e rodar as cenas antes que perdessem a luz ou o tempo, ou o dinheiro. Minha mãe era quem cuidava dos cabelos no *set*, o que quer dizer que penteava, passava *spray* e ajeitava o cabelo de atores e atrizes entre as tomadas. Um dia, por acidente, ela mandou o jato de *spray* dentro dos olhos do meu pai. Ele começou a praguejar. Mamãe despejou água na área danificada e se manteve bem próxima, os grandes olhos verdes demonstrando preocupação. Segundo meu pai: “Foi aí que vi que ia me casar com esta mulher”.

Eles se amarraram um ano depois. Três meses depois disso, eu nasci. É só fazer as contas.

Quando estava com cinco anos, eles compraram a casa perto da rua Principal. Era uma casa *espólio*, o que, para papai, era só uma palavra metida para dizer *caindo aos pedaços*. Mas ele era bom com as mãos, mamãe tinha olho clínico para móveis baratos e de boa aparência, e, juntos, os dois transformaram a casa em um lar. Mamãe ainda trabalhava numa ou noutra filmagem quando encontrava uma boa creche para me deixar e papai passou a dirigir, primeiro *Crime beaters*, depois outros seriados da TV. Quando eu tinha quase sete anos, Rosie nasceu, e meus pais decidiram que mamãe pararia de trabalhar por alguns anos.

Dois anos depois, quando eu estava para completar dez, papai conseguiu um emprego na direção de vários episódios de um seriado chamado *Paranormal Pam*. Era sobre uma mulher que investigava aparições de fantasmas. O barato era que ela própria era um fantasma.

Lembro-me de jantar com papai nos fins de semana (os únicos dias em que fazíamos as refeições com ele durante esse emprego, porque trabalhava muito), e ele dizia coisas do tipo:

– Acho que este programa vai fazer sucesso. A estrela, Jennica Valentine, é um achado...

– Jennica tem um talento incrível. Tinha dúvidas no começo – achei que seria mais uma loirinha cabeça-oca –, mas, não, ela tem conteúdo. E só tem 24 anos...

– Jennica disse uma coisa engraçadíssima hoje...

Aposto que você vai dizer que todas as pistas estavam ali.

Um dia, mamãe decidiu fazer uma surpresa para o papai indo com a gente até o estúdio, para almoçarmos com ele. De início, foi como um retorno pra ela. Mesmo sem nunca ter trabalhado em *Paranormal Pam*, ela conhecia muita gente da equipe. Inclusive Karen.

– Ingrid! Demorou pra visitar a gente! – disse Karen assim que entramos no *trailer*. Ela me pôs na cadeira dela e começou a trançar meu cabelo. Mesmo sentindo o cheiro de cigarro emanando, até que foi legal.

– Espero que Ian a esteja tratando bem – falou minha mãe.

Eu estava olhando para o espelho, então percebi a troca de olhares entre Karen e outra maquiadora.

– Não é igual sem você aqui – ela respondeu.

Depois que Karen acabou de trançar meu cabelo, mamãe nos levou para procurar papai. Eles tinham parado para o almoço, mas meu pai não estava no refeitório e ninguém atendeu quando batemos à porta do *trailer* dele.

Ainda estávamos paradas ali quando a porta de outro *trailer* se abriu e uma mulher de cabelo loiro comprido, peitos grandes e uma tonelada de maquiagem saiu. Seguida por meu pai, que afivelava o cinto.

Sabe aquela expressão "a cor fugiu de seu rosto"? Foi o que aconteceu com o meu pai quando nos viu.

Eu podia ter só nove anos, mas sabia que algo sério estava acontecendo. Não compreendia o que era exatamente, mas sabia que um homem não devia estar fechando o cinto na frente de uma mulher que não era a esposa dele.

– Ingrid, oi! – papai forçou um sorriso. – Que bela surpresa.

– Pensamos em vir almoçar com você – disse mamãe, a voz com um tom esquisito. – Mas vejo que está ocupado.

– Não, não... Jennica e eu estávamos repassando umas mudanças nos diálogos, só isso. Jennica, esta é Ingrid, minha... *ahn*... esposa.

O rosto de Jennica ficou roxo.

– Olá! Ouvi muito falar em você.

– E estas são as minhas filhas, Violet e Rose – papai continuou, tentando agir como se tudo estivesse perfeitamente normal.

– Que nomes lindos! Adoro violetas – ela me disse.

Escondi-me atrás de mamãe.

O sorriso de Jennica parecia grudado na cara dela.

– Bom, foi um prazer – disse, voltando ao *trailer* e batendo a porta.

Papai se virou para nós e sorriu.

– E então, tropa, vamos comer?

– Vá se danar, Ian! – minha mãe falou baixinho. – Vai me contar tudo quando chegar em casa.

Pegando Rosie no colo, agarrou minha mão e me puxou com tanta força que achei que fosse deslocar meu braço. Papai não tentou impedi-la.

Naquela noite, mamãe conseguiu o que havia pedido.

Ele contou tudo a ela.

Papai anunciou uma semana depois:

– Sua mãe e eu vamos viver separados por um tempo.

Ele tinha me levado de bicicleta até à sorveteria. Estávamos sentados do lado de fora e eu me concentrava num enorme sorvete de chocolate com amêndoas e *marshmallow* na casquinha (depois Phoebe me disse que minha escolha de sabores tinha um significado psicológico. Não tinha jeito, a profissão dos pais refletia um pouco nela também).

– Por quê? – perguntei.

– Não tem nada a ver com você, linda. É só que os adultos... deixam de se gostar.

– Você deixou de gostar da mamãe?

– Não é bem isso. Eu ainda a amo. De certa maneira, sempre vou amar.

– Mas ama mais a moça loira peituda.

Uma pausa.

– Jennica. O nome dela é Jennica.

Duas semanas depois, papai saiu de casa e foi para um apartamento mobiliado em Yaletown. Rosie e eu dormíamos lá às quartas-feiras e em fins de semana alternados. Essa mudança na nossa rotina, de início, não pareceu incomodar Rosie; ela só tinha dois anos e agia como se tudo aquilo fosse uma aventura temporária.

Quanto a mim, tinha problemas para dormir. Não conseguia parar de pensar no que havia acontecido *antes* de papai fechar o cinto, quando estava sozinho com Jennica no *trailer*.

Como disse Phoebe, era muita coisa pra uma criança elaborar.

Por sorte, Jennica nunca estava no apartamento dele quando íamos lá. Mas às vezes papai nos sentava diante da televisão, ia para o quarto, fechava a porta e tinha longas conversas com ela ao telefone.

Uma vez, enquanto ele falava com ela, peguei um dos roteiros de *Paranormal Pam* que papai tinha deixado na mesa de centro com tampo de vidro. Abri numa página ao acaso e li.

INT. CASA JOE - SALA DE ESTAR - NOITE

PAM está falando com JOE, um cliente de quarenta anos. Ambos olham para o fantasma de uma MULHER BONITA com roupas de 1920, em pé diante da lareira.

JOE: Sempre a vejo pairando ali.

PAM: Sua mulher também a vê?

JOE: Nunca.

(Pam considera a informação.)

PAM: Sabe, Joe, uma mulher morreu nesta casa em 1927.

JOE: Como?

PAM: Ela morreu de amor. Amava o marido loucamente, mas ele estava tendo um caso. Certa manhã, ela simplesmente não acordou.

(Pam olha Joe fixamente.)

PAM: Está traindo sua esposa, Joe?

(Joe não responde, mas desvia o olhar com uma expressão de culpa.)

PAM: Desconfio de que só você vê o fantasma por ter um peso na consciência. Ele está tentando lhe dizer que um caso pode provocar uma dor de cabeça incrível. Você quer destruir seu casamento? É isso?

Ouvi papai no quarto, ainda falando em voz baixa com Jennica. Rosie estava com o olhar grudado na televisão. Enfiei o dedo no nariz, grudei a meleca na página que tinha lido e fechei o roteiro.

Depois Phoebe me diria que foi um comportamento passivo agressivo clássico.

Tanto faz. Só sei que, na hora, me senti bem.

Em casa, mamãe se esforçava para não desmoronar. Quase toda noite, Karen ou Amanda traziam pizza ou lasanha congelada pro jantar e, depois que Rosie e eu tínhamos ido para a cama, conversavam até tarde. Eu ficava contente que minha mãe tivesse amigas, porque o humor em casa naqueles primeiros meses andava péssimo. Pelo menos, quando Karen e Amanda estavam lá, eu podia escapar pra casa de Phoebe sem me sentir culpada.

– Não podemos ficar paradas e deixar que isso aconteça – disse-me Phoebe num fim de semana. Estávamos enfiadas no meu quarto. Ela havia ficado para jantar e tinha visto minha mãe chorar enquanto lavava os pratos.

– Mas o que podemos fazer? – perguntei.

Phoebe pensou um pouco.

– Vi um filme com meus pais uma vez. Uma mulher doida estava apaixonada por um cara, mas ele estava apaixonado por outra. Aí ela fez uma boneca vodu da noiva dele e fez a noiva ficar doente com magia negra. Tive pesadelos durante meses.

Cathy e Günter levavam Phoebe para ver todo tipo de filme que minha mãe considerava "inadequado para a idade".

– Está sugerindo que a gente faça um vodu de Jennica?

– Exatamente. Depois rogamos uma praga. Não para ela morrer, claro. Só pra se afastar do seu pai.

Phoebe era uma pessoa que tinha ideias excelentes.

Em seguida, imprimimos instruções que pegamos na internet e nos pusemos a trabalhar. Usando retalhos de tecido, fizemos uma boneca básica, com uns 15 centímetros de altura. Quando o corpo estava pronto, Phoebe costurou uma boca nele e pregamos dois botões no lugar dos olhos.

– Precisamos de cabelo – disse-me ela. – O cabelo de Jennica. E um objeto pessoal dela.

Quando estive na casa de papai novamente, entrei de fininho no quarto deles, enquanto faziam o jantar. Não demorei pra achar um batom que tinha rolado para debaixo da cama. No banheiro, achei uma escova de cabelo rosa, cheia de longos fios loiros. Tirei os fios da escova e coloquei-os num saquinho de plástico junto com o batom.

Depois da escola, no dia seguinte, Phoebe e eu fomos para a casa dela. Colamos os fios de cabelo na cabeça da boneca e passamos o batom na boca. Levantamos a boneca contra a luz, sentindo orgulho de nossa obra.

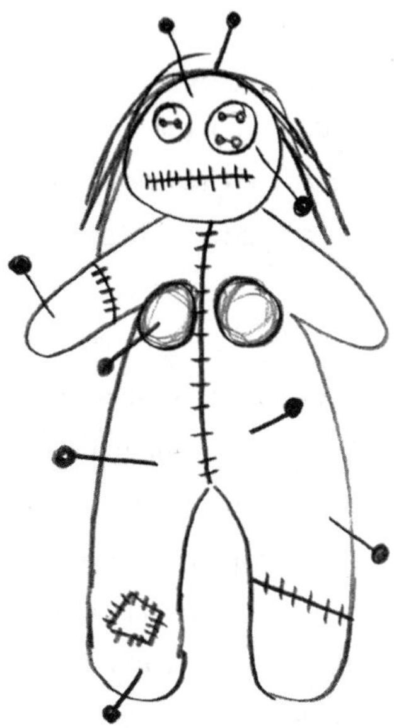

E, então, lançamos o feitiço. Espetamos vários alfinetes na boneca de Jennica entoando "Que o azar caia sobre você! Que você seja obrigada a sair da cidade! Que você saia da vida de Ian para sempre!". Repetimos o processo todos os dias, durante um mês.

No último dia, Karen passou pra ver mamãe. Phoebe e eu estávamos na cozinha fazendo a lição de casa.

– Ingrid, tenho uma notícia interessante – anunciou Karen, abrindo uma garrafa de vinho. – Violet, Phoebe, sumam.

Descemos correndo a escada para o porão e ligamos a TV. Depois subimos a escada pé ante pé e ficamos ouvindo pela porta.

– O programa terminou na semana passada – Karen dizia. – Jennica tomou o primeiro avião de volta a Los Angeles. Disse que não aguentava mais ficar nesta cidade onde só chove.

– Sério?

Pude sentir uma pontada de esperança na voz de mamãe.

– Passaram um dos episódios na festa de encerramento. Bela porcaria. Vou ficar chocada se houver continuação.

Phoebe e eu descemos a escada de mansinho e fizemos uma dancinha, certas de que a praga tinha pegado.

Exatamente como Karen previu, o canal só levou ao ar três episódios e cancelou o seriado. Phoebe e eu imaginamos que era só questão de tempo até que meu pai voltasse se arrastando para casa, com o rabo entre as pernas. Acho que minha mãe pensou a mesma coisa, porque começou a tomar banho de novo.

Por isso ficamos atônitas quando papai informou que estava se mudando para Los Angeles. Ia morar com Jennica.

Ia dar entrada no pedido de divórcio.

E Jennica estava grávida de gêmeas.

Naquela noite, minha irmã molhou a cama pela primeira vez. Depois que ela voltou a dormir, tirei todos os meus livros da estante e arrumei tudo em ordem alfabética de autor, de Louisa May Alcott a Paul Zindel.

Quando acabei, tirei tudo de novo e arrumei em ordem alfabética por título, de *Are you there, God? It's me, Margaret* [Você está aí, Deus? Sou eu, Margaret] até *Vento nos salgueiros*.

Foi a primeira vez que fiz uma coisa tão obsessiva quanto esta. Mas não seria a última.

– Puxa, Amanda, você *tem* de conhecer algum homem solteiro decente.

Era uma chuvosa manhã de sábado. Phoebe e eu conversávamos com Amanda em sua loja de lãs na rua Principal. O nome da loja era Louca por Lãs e ficava a poucas quadras da escola de cabeleireiros. Mamãe e Amanda tinham se conhecido quando mamãe havia se matriculado no primeiro e único curso "Tricote e reclame" dado por Amanda, cinco anos atrás. Até onde podia dizer, tratava-se de um grupo de mulheres que se reunia na loja após o expediente: 10% do tempo era para tricotar, 30% para beber, e 60% para reclamar dos homens. Tinham ficado amigas ali.

– Se conhecesse, acha que já não teria apresentado um pra sua mãe? – replicou Amanda, empilhando numa prateleira novelos de lã angorá verde-esmeralda. – Além do mais, sua mãe me disse que este é diferente.

– Ela disse a mesma coisa do Paulo – Phoebe falou.

– E de Jonathan, Alphonse e Guy – acrescentei.

Amanda suspirou.

– É, eu sei. Mas quem sabe desta vez ela acertou...

– Por favor, conheci o cara. Ele parece o Homem Toupeira.

– Quem é o Homem Toupeira?

– Sei lá; eu inventei. Mas é a cara dele: parte homem, parte toupeira.

– E o nome dele é Dudley *Wiener*, "salsicha", você sabe – acrescentou Phoebe.

– Ora, meninas. Não julguem um livro pela capa – disse Amanda, enquanto voltava ao balcão, Phoebe e eu na cola dela. – Lembrem-se, o nome do meu namorado é Cosmo.

– É verdade – respondi. – Mas Cosmo é bacana.

– Totalmente – suspirou Phoebe.

Confissão: posso ser cética quanto ao amor, mas torcia pelo casal Amanda e Cosmo. Estavam juntos havia quase dois anos e eram perfeitos um para o outro, como o sapato esquerdo e o direito. Quando via os dois juntos, meu coração parecia o de Grinch ao ouvir a garotinha cantando... crescia.

– Cosmo deve ter algum amigo – sugeri.

Mas Amanda apenas riu, colocando o cabelo ruivo atrás da orelha.

– Ele tem uma montanha de amigos. Mas eu não ia querer nenhum pra sua mãe.

– Eles não podem ser piores do que Guy. Ou do que aquele bêbado que a Karen arranjou pra ela – comentou Phoebe.

– Carl.

– É verdade – replicou Amanda. – Mas, mesmo assim, não servem para sua mãe. Além do mais, você sabe que a coisa não se resume a aparência e nome. Talvez Dudley tenha uma ótima personalidade.

– Duvido muito – falei. – Mas acho que vou descobrir hoje à noite.

– Hoje? – Amanda arqueou a sobrancelha.

– Ela o convidou pra jantar.

– Uau! Que rapidez.

Assenti de mau humor. Normalmente, éramos poupadas dessa tortura ímpar até que ela tivesse saído algumas vezes com o cara. E, como mamãe não havia comentado nada sobre o encontro com Dudley depois, eu meio que imaginei que tivesse acabado antes mesmo de começar.

Na noite anterior, vi que estava errada.

O que aconteceu foi o seguinte: mamãe chegou em casa pouco depois das seis da tarde, trazendo um DVD e um pacote com comida tailandesa, como fazia toda sexta-feira. Rosie colocou um cobertor no chão, diante da TV, e eu arrumei a comida em um canto, em cima dele, enquanto mamãe pegava uma cerveja gelada pra ela e copos de leite para Rosie e para mim. Depois mamãe pôs o filme e nos sentamos no cobertor para comer.

Essa era uma rotina semanal que eu adorava. Sabe, sexta é a Noite Oficial das Garotas Gustafson. É a única noite da semana que mamãe deixa livre para as filhas. Não sai, não tem companhia – nem mesmo Phoebe, Karen ou Amanda, só nós três.

De qualquer modo, ontem já tínhamos visto cerca de meia hora de *Onze homens e um segredo*, filme estrelado por George Clooney, quando o telefone tocou. O combinado era ninguém atender durante a Noite Oficial das Garotas Gustafson. Mas, quando mamãe viu o número de quem estava ligando, levantou o fone, quebrando ostensivamente uma de nossas regras.

Mamãe disse "alô" como se não soubesse quem era.

– Oi, Dudley...

Ela saiu da sala e demorou quase meia hora para voltar. Eu sei porque Rosie e eu assistimos a um episódio inteiro de *Jeopardy!* enquanto esperávamos. Quando voltou, eu disse:

– Você percebeu que violou várias regras da Noite Oficial das Garotas Gustafson?

– Desculpem – mamãe respondeu, sem parecer nadinha arrependida. – Espero que não se incomodem... Convidei Dudley pra jantar aqui amanhã.

– O quê? Mas só saiu com ele uma vez – protestei.

– Bom, sim e não. Tomamos café todos os dias de manhã esta semana.

– Sério?

Fiquei chateada por não saber disso.

– Que tipo de trabalho ele tem pra ter tempo de tomar café com você todas as manhãs? – questionei. – Ou ele está "entre um emprego e outro", como Jake?

– Ele tem uma loja que vende artigos para banheiro. Só abre às dez.

– E ele vende o quê? Banheiras?

– Não, acessórios para banheiro. Toalhas, cortinas, saboneteiras...

– Privadas?

– Não, Violet.

– Privada pra fazer cocô – riu Rosie.

– Bom, ele quer conhecer vocês – continuou mamãe.

– Por quê? Ele é pedófilo?

– Violet!

Estava mexendo com os nervos dela, e isso me dava satisfação.

– O que é "pedo... filho"? – perguntou Rosie.

Nesse ponto, mamãe pegou o controle e reiniciou o filme, e a conversa acabou aí.

– Tem *certeza* de que Cosmo não tem nenhum amigo? – perguntei de novo pra Amanda.

– Pela última vez: tenho certeza. E quero acrescentar que não cabe a você encontrar um homem para a sua mãe.

– Concordo plenamente – respondi. – Mas, já que ela está tão decidida a ter um homem na vida dela, e como essas escolhas também nos afetam...

– É. Lembra do incidente com o foguete? – interrompeu Phoebe.

– Defini como minha missão encontrar alguém mais adequado – concluí.

– E eu sou assistente dela – esclareceu Phoebe. – Sou a Watson do Sherlock. A Gayle da Oprah. A Robin do Batman...

– Já entendi – respondeu Amanda. – Então você não acha que Dudley é o certo?

– Não mesmo.

– Eu acho o Dudley legal – informou Rosie, que voltava dos fundos da loja, para onde tinha se encaminhado a fim de verificar alguns botões.

– Você acha todo mundo legal – lembrei a ela. – Isso porque só viu o cara por cinco minutos.

– Ele gostou da minha coroa – disse Rosie, como se isso fosse o mais importante.

O sininho da porta soou e Cosmo entrou, seguido por alguns clientes.

– Oi, meninas – falou ao nos ver. E para Amanda: – Oi, linda.

Quando os olhos dele encontraram os dela, a expressão de Cosmo se suavizou. Então ele beijou os dedos de Amanda, um por um, e ela sorriu. Os dois pareciam ser as únicas pessoas no mundo. Meu coração se expandiu.

– Vamos nessa – falei.

– Tchau, meninas. Vão enlouquecer outras pessoas por aí – disse Cosmo.

E, mesmo sabendo que esse era o jeitão dele, Phoebe e eu rimos como duas idiotas.

Amanda nos acompanhou até a porta e me aconselhou:

– Violet, dá uma chance ao Dudley hoje, tá? Não vá aprontar das suas.

– Aprontar das minhas? – perguntei inocentemente ao sair da loja.

Nós três fomos andando algumas quadras até a padaria Liberdade. Mamãe tinha nos dado um dinheirinho pra comprarmos alguma coisa, como fazia todo sábado, assim ela podia ir às compras em paz. A calçada estava escorregadia por causa da chuva e caminhávamos por um mar de guarda-chuvas.

A padaria estava iluminada e quente, com um cheirinho de trigo e açúcar. Comprei uma fatia de torta de chocolate e baunilha, e Phoebe e Rosie escolheram *brownies*. Estávamos pra sair com as guloseimas quando entrou um garoto. Phoebe agarrou meu braço e me beliscou com força.

– *Ai!* – gritei.

Daí vi o que ela tinha visto. Não era um garoto qualquer, era Jean-Paul. Estava de jeans e com uma jaqueta ensopada, o cabelo ondulado grudado na cabeça. Esse detalhe acentuou seu nariz, que era meio grandinho.

– Ai, meu Deus! – murmurei. – Ele é demais.

– Falou a garota que jurou nunca ter um namorado – provocou-me Phoebe, que não perdia a chance de me informar como achava ridícula minha promessa.

Dei de ombros.

– Não quer dizer que não possa apreciar o sexo oposto do ponto de vista puramente estético.

Ele nos viu e nos cumprimentou.

– Oi, Phoebe. Oi, Violet.

Phoebe e eu dissemos "oi" em uníssono. Tentei pensar em algo mais para dizer:

– Esta é Rosie – falei, apontando pra minha irmã.

– Oi, Rosie – cumprimentou Jean-Paul. – Gostei do seu tênis.

Essa foi pra mim. Estava com o novo Converse estampado com caveiras e rosas.

– Obrigada.

– Vim comprar pão para a minha mãe – ele avisou.

– Ah... – respondi.

Silêncio.

– Bom, a gente se vê na escola – Jean-Paul acabou falando.

E já estava indo para a fila quando soltei:

– *Parlez-vous français?* *

O rosto dele se iluminou.

– *Oui, bien sûr, je parle français. Mon père vient de Québec. Et toi?* **

Olhei para ele com cara de paisagem e respondi:

– *Pamplemousse.*

Ele me encarou sem saber se eu estava brincando ou não. Deve ter achado que sim, porque deu uma risadinha meio sem jeito e foi se postar na fila.

Phoebe, Rosie e eu saímos, levantando o capuz da capa de chuva.

– Por que o chamou de *grapefruit*? – perguntou Phoebe.

Soltei um gemido.

– Achei que estivesse dizendo "fantástico".

– É *fantastique*.

– Legal, agora ele acha que sou idiota. Ou que odeio os franceses.

– E daí? Você liga para o que ele pensa de você?

– Não.

– Mentirosa. Aliás, acho que Jean-Paul gosta de você. Ele conversou de verdade com você!

---

* – Você fala francês? (N. T.)

** – Sim, é claro. Meu pai é de Quebec. E você? (N. T.)

Revirei os olhos. Gostei de Phoebe acreditar que um carinha como Jean-Paul pudesse olhar duas vezes pra uma nulidade como eu. Fala sério! Até parece.

Fizemos o caminho de volta para casa. Paramos na Phoebe primeiro. A casa era nova, mas projetada para se parecer com as casas mais antigas do bairro. Phoebe correu para dentro e avisou a mãe de que estava indo pra minha casa. Alguns minutos depois, voltou segurando um Tupperware.

– Torta de maçã do Günter – disse.

Tinha quase certeza de que a mãe de Phoebe achava que Rosie e eu estávamos malnutridas, porque sempre mandavam pela Phoebe grandes quantidades de comida caseira.

A nossa casa era a oitava depois da dela. Era pintada de *aubergine*, palavra chique que significa "berinjela" – outra palavra chique que quer dizer "roxo". A tinta estava descascando. A grama batia no tornozelo. Uma das calhas estava quebrada e pendia da varanda. O corrimão da escada da frente balançava ameaçadoramente. Uma namoradeira velha que pretendíamos levar ao Exército da Salvação continuava ancorada na varanda havia um ano, o estofamento carcomido por uma família de camundongos.

Os vizinhos se encaminhavam para o carro.

– Oi, senhor e senhora Bright – cumprimentei-os, já sabendo que provavelmente não responderiam. E não responderam mesmo. Só me olharam atravessado.

Os Bright falavam com a gente quando meu pai ainda morava em casa. Chegaram até a me dar uma caixa de livros velhos ao descobrir que eu gostava muito de ler, e nela havia alguns tesouros, inclusive uma edição antiga de *Stuart Little*, de E. B. White. Mas, quando papai foi embora, mamãe não conseguiu manter a casa em ordem. Os Bright passaram a dar toques sutis. Depois toques não tão sutis. Até que, no ano passado, tinham solicitado um fiscal da prefeitura. Ficamos sabendo porque o homem apareceu em resposta à queixa deles. Disse que os Bright haviam chamado nossa casa de "desgraça para a vizinhança". Mamãe descontou no fiscal, dizendo que queria ver se *ele* conseguiria manter uma casa velha sozinho com dois filhos e um orçamento limitado. Ele foi embora no ato.

Em casa, Phoebe, Rosie e eu tiramos as capas, que deixamos jogadas no chão. Mamãe ainda estava fora, então nos sentamos à mesa da cozinha e devoramos o que tínhamos comprado na padaria e a torta de maçã, tudo de uma vez. Quando acabamos, fiz Rosie tomar dois copos de leite, porque seus ossos estavam em crescimento, e a despachei ao porão para ver um vídeo. Isso mesmo: um vídeo. Tínhamos um aparelho de DVD na sala, mas mamãe havia comprado um vídeo numa venda de usados por dez pratas, e desde então ela comprara centenas de fitas por uma ninharia, porque ninguém mais queria fitas de vídeo.

Phoebe soltou um leve arroto, e sugeriu:

– Vamos fazer uma lista de todos os solteiros que conhecemos.

Peguei uma caneta e um bloco.

HOMENS SOLTEIROS QUE CONHECEMOS
Violet G. e Phoebe S.

1. Sr. Patil, nosso professor. Dizem que ele ainda mora no porão da casa dos pais e gasta todo o dinheiro que tem com seu trenzinho elétrico.
2. Daryl, o gerente do pet shop do bairro. Cara legal, mas pesa uns 130 quilos e tem cheiro de ração de cachorro.
3. Mohamed Karami, aluno da escola da mamãe. Bonito e divertido; também é gay.
4. Donald sei lá de quê. Trabalha com o pai da Phoebe. Simpático, mas meio velho; dizem que operou a bacia.
5. Frank, o sem-teto. Às vezes fica na rua Principal e escreve poemas em pedaços de papel.

Nós duas concordamos que a lista era patética. Descobrir um homem bom para minha mãe com certeza seria uma tarefa árdua.

– Oi, Phoebe. Oi, Violet – disse mamãe, ao trazer as sacolas de mantimentos para dentro.

– Oi, senhora Gustafson – respondeu Phoebe, dobrando a lista e guardando-a no bolso.

– Violet, ajude-me a pegar as compras no Balde Enferrujado.

Balde Enferrujado era o apelido que mamãe dera ao nosso Mazda 95.

– Depois, você e sua irmã precisam me ajudar a arrumar a casa. Dudley deve chegar daqui a uma hora e eu ainda nem tomei banho.

Phoebe se levantou.

– Preciso mesmo ir pra casa. Cathy e Günter vão me levar a um concurso de poesias à noite.

Os pais de Phoebe viviam lhe apresentando novas experiências culturais. Fui com ela até a porta.

– Decorou as perguntas pra hoje? – Phoebe me perguntou.

– Está tudo aqui – respondi batendo o dedo em minha testa.

– Queria ficar pra ver isso.

– Também gostaria que ficasse. Mas é melhor não. Posso precisar de você depois.

– Acha que vai ter um *depois*?

Respirei fundo.

– Espero honestamente que não.

Nhoc, nhoc, nhoc... nhoc, nhoc, nhoc... Eu podia ouvir o Salsichão mastigando. Tinha um ritmo, como se comesse ao som de uma música dentro da cabeça dele. Do meu lugar à esquerda, era possível ver o ouvido dele cheio de cera amarela e cabelinhos ruivos. Isso bastou para me tirar o apetite. Pra completar, ele usava uma camisa listrada azul e branca, toda abotoada, e, por cima, um colete xadrez verde, vermelho e preto.

Argh!

O Salsichão chegou bem na hora em que Rosie e eu havíamos terminado a limpeza da casa. Tínhamos pendurado as capas, guardado os sapatos e levado todos os brinquedos, livros, lição, bonecas, jogos, blusas e meias para o nosso quarto. Depois jogamos no lixo as embalagens de barrinhas de cereal, lenços usados e pedaços de fio dental que cobriam a mesa de centro da sala. Em seguida, mamãe passou o aspirador de pó na sala toda – até embaixo dos sofás, onde moravam as famílias de coelhinhos do pó. Contei a Rosie que os ouvi gritar enquanto eram sugados, o que a fez chorar, e mamãe me mandou pedir desculpas. Depois, Rosie se mandou para o porão e eu fiquei ajudando mamãe a lavar os pratos que tinham ficado empilhados durante a semana. A casa não ficava limpa assim desde o namoro dela com Jonathan.

O Salsichão, também conhecido por Dudley, lembrou de bater à porta desta vez. Havia trazido um presente – uma caixa embrulhada num papel metálico bonito. Rosie e eu olhamos para a caixa com água na boca, certas de que eram bombons.

– Podem abrir – ele falou com um sorriso.

Rosie rasgou o papel e abriu a caixa.

– O que é isso? – perguntou, torcendo o nariz como se tivesse sentido cheiro de pum.

– Uma saboneteira – respondi.

– Que gentileza – disse mamãe, que descia naquele momento usando maquiagem em exagero e uma blusa apertada demais. – É bonita e prática.

Deu pra ver pela cara de Rosie que Dudley havia caído no conceito dela. O que não era necessariamente ruim.

– A comida está deliciosa – falou Dudley, enquanto limpava o segundo prato e fazia um beicinho. Por um instante, achei que fosse pegar o prato e lambê-lo. – Você é uma excelente cozinheira, Ingrid.

– Obrigada.

Mamãe havia feito seu famoso frango assado ao limão. Fiquei tentada a observar que era seu *único* prato famoso; que ela raramente cozinhava nos últimos tempos; que nossa família sobrevivia principalmente de comida pronta – tipo pizza, lasanha, frango e peixe empanado –, porque ou mamãe estava muito cansada para cozinhar depois de ficar em pé o dia inteiro no trabalho, ou tinha um encontro. Mas tinha coisas importantes a fazer, por isso mantive a boca fechada.

– Ah, não falei *abobrinha*, falei? – Dudley sorriu, esperando que déssemos risada.

Não rimos. Quer dizer, mamãe deu um sorriso, mas tenho certeza de que foi por educação.

– Você é escocês? – perguntei a ele.

– Sim, 25%. Pelo lado materno. Por quê?

– Seu colete. Achei que poderia ser o tartã do seu clã.

– Violet... – falou mamãe com seu tom de alerta.

– O que foi? Andrew McDonald, da minha classe, fez uma apresentação sobre sua ascendência escocesa e apareceu na escola usando um *kilt*. Ele disse que todo clã tem um tartã.

– O que é tartã? – perguntou Rosie.

– É um padrão bem feio de xadrez. Como este – expliquei, apontando para o colete de Dudley.

– Violet! – repetiu mamãe.

– Tudo bem – Dudley riu. – Não tenho muita noção de moda. Aliás, comprei esta roupa de segunda mão, por cinquenta centavos.

– Que pechincha – mamãe comentou, parecendo mesmo impressionada.

– Compro muita coisa de segunda mão.

Que horror.

– Adoro comprar em brechós – mamãe respondeu.

– Sério?

– O prato em que você comeu? De segunda mão. A cadeira onde está sentado? Também.

Não podia acreditar. Minha mãe tinha uma ligação com Dudley por causa de sua suprema sovinice.

– Quem sabe um dia desses possamos fazer compras juntos – continuou o Salsichão.

– Adoraria.

Eles sorriram um pro outro. E eu falei:

– Deixa eu entender. Você corta o cabelo por cinco dólares e compra roupas de segunda mão. Tem certeza de que não é escocês?

– Violet!

– O que foi? Andrew McDonald disse que, embora seja um estereótipo, todo estereótipo é baseado em um elemento verdadeiro.

– Na verdade, sou mais austríaco – Dudley me explicou. Não parecia nem um pouco ofendido com meus comentários. – Meus bisavós paternos emigraram de Viena para o Canadá. Em austríaco, Viena é *W-I-E-N*. Meu sobrenome vem daí. Quer dizer "pessoa de Viena", *Wiener*.

– Deviam te encher quando era garoto – comentei.

Mamãe pôs as mãos na cabeça, mas, de novo, Dudley sorriu.

– Sim, me enchiam sem piedade. Até pensei em mudar meu sobrenome, mas ainda bem que não fiz isso. Agora tenho orgulho dele.

Havia acabado de tomar um gole de leite, que espirrou feito um chafariz pela minha boca.

– Vamos comer a sobremesa na sala? – convidou mamãe, a voz um tanto alterada. Empurrou a cadeira tão depressa que quase caiu.

– Violet, me ajude a tirar a mesa.

– Rosie se ofereceu pra tirar – respondi piscando para Rosie, que fazia parte do meu plano. Ela tentou piscar de volta, mas, como não sabia fazer isso, ficou parecendo mais um cacoete. – Farei companhia a Dudley na sala.

Os olhos de mamãe se estreitaram. Quando passei por ela, ouvi um sussurro.

– Seja delicada.

– É claro – falei.

Só não mencionei que, às vezes, é preciso ser cruel para ser delicada.

O Salsichão sentou-se no sofá vermelho. Sentei-me na frente dele, no sofá dourado. Ele sorriu. Eu não sorri. Fiquei encarando ele sem piscar. Era ótima nisso. Ele desviou os olhos depois de alguns segundos, coisa que sabia que ele faria.

Sempre consigo que façam isso.

Ele se mexeu, como se trocasse de posição.

– Então você está no sétimo ano...

– Mamãe disse que você tem uma loja de banheiro – eu disse cortando a fala dele. Peguei um bloquinho e uma caneta que já tinha deixado antes na mesinha lateral.

– Isso mesmo. Na Principal com a Décima Primeira.

– É sua ou só trabalha lá?

– A loja é minha – ele respondeu.

Anotei essa informação.

– Há quanto tempo está no ramo?

– Quatro anos.

– Entendo. E o que fazia antes?

Ele se mexeu no lugar de novo.

– Era corretor de seguros. Vendia seguros de casa, de carro, qualquer um.

– Por que parou? Foi despedido?

– Não, eu quis parar. Cansei de trabalhar para uma empresa grande e impessoal. Resolvi abrir meu próprio negócio.

Assenti com a cabeça.

– Quanto ganha por ano?

Dudley se remexeu todo. Respirou fundo.

– Digamos que esteja me dando bem.

– Só que compra roupas usadas.

Ele sorriu.

– Sua mãe também gosta.

– Minha mãe cria sozinha duas filhas com pouquíssimo apoio do meu pai. Qual é a sua desculpa?

Ele deu de ombros.

– Acho que gosto de pechinchas.

Escrevi a palavra *sovina* em maiúscula e continuei:

– Você tem dívidas?

– Não.

– Hipoteca?

– Não. Moro num apartamento alugado. Eu tinha uma casa... por que estou te contando isso?

Nesse momento, Rosie entrou em disparada pela sala e se acomodou ao lado de Dudley. Ela sorriu radiante para ele.

– Olá – ela disse, ajeitando os óculos.

– Olá – respondeu Dudley.

– Você é casado? – prossegui.

Dudley quase engasgou com o vinho.

– Não, Violet, não sou casado. Acho que esse interrogatório já foi longe demais...

– Estamos no final. Tem algum vício? Bebida, drogas... ilícitas ou prescritas?

Dudley respirou fundo de novo.

– Sei o que está fazendo e acho admirável. Mas essas perguntas são pessoais demais.

– Então tem um vício.

– Não foi o que eu disse.

– É uma pergunta simples.

– Não, não tenho vícios. Sou um cara bem normal.

Ele se mexeu novamente.

– Então por que age como se tivesse algo a esconder?

– Do que está falando?

– Você não para de se mexer.

Dudley se levantou. Ergueu a almofada do sofá e pegou uma coisa. Era uma boneca de Rosie.

– É *por isso* que não paro de me mexer.

Rosie deu uma risadinha.

– Cansei de levar tudo pra cima, então guardei a Roxanna debaixo da almofada.

Dudley entregou a boneca a Rosie.

– Sinto muito desapontá-la, Violet. Mas não tenho segredos ocultos.

– Segredos? Do que estão falando? – perguntou mamãe, entrando na sala com a sobremesa. Seu olhar foi de mim para Dudley enquanto sorria ansiosa.

O Salsichão me deu uma olhada. E sou obrigada a dar um crédito pro sujeito, porque não me dedurou. Respondeu apenas:

– Ah, de várias coisas. Violet estava me entretendo.

– O que é que eles estão fazendo? O quê? – Rosie queria saber, enquanto se apertava a meu lado.

O Salsichão tinha acabado de sair e mamãe o acompanhara ao carro, o que era uma bobagem, porque o Toyota estava parado do outro lado da rua e nosso bairro não era exatamente a capital do crime.

– Estão conversando – informei a Rosie.

Depois, como eu estava generosa naquele dia, afastei-me um pouquinho. Agora nós duas estávamos ajoelhadas espiando pela janela da sala. A cortina estava fechada dos dois lados, só com uma frestinha aberta. A esquadria da janela, que não entrara na limpeza, tinha uma camada grossa de poeira, e escrevi meu nome nela para passar o tempo.

Depois do que pareceu uma eternidade jogando conversa fora, Dudley tirou a chave do carro do bolso. O carro era tão velho que ele teve *mesmo* de enfiar a chave na fechadura para destrancar a porta.

Vai ver comprou o carro numa venda de garagem, pensei, rindo da ironia.

Dudley se virou para minha mãe e estendeu o braço, como se fosse apertar a mão dela. Mas, sem aviso, ele a puxou, plantando seus lábios sobre os dela como um desentupidor de pia e abraçou-a desajeitadamente.

Esperei que mamãe o empurrasse, que talvez até lhe desse um tapa na cara, como acontece nos filmes. Mas ela não fez isso. Aliás, fez o oposto. Passou os braços ao redor dele e retribuiu o beijo.

– *Eca!* – disse Rosie, enfiando o polegar na boca.

Não era a primeira vez após o divórcio que via minha mãe beijando um homem que mal conhecia. Mas acho que era a primeira vez que os Bright viam. Avistei os dois descendo a rua com o cachorrinho, Benjamin. Vi que tentaram não olhar. Mas era como passar por um acidente de carro. Você sabe que pode ver algo nojento, mas olha do mesmo jeito.

– Violet, por que está chorando? – Rosie me perguntou, tirando o dedão da boca para afagar minha mão.

Tirei os óculos e limpei os olhos.

– Estou bem. Deve ser alergia. Vamos ao porão procurar um filme.

Descemos a escada. Achei *Toy Story 2* no meio de uma montanha de fitas e coloquei no aparelho para Rosie. Em seguida, tirei o resto das fitas da estante. Da última vez eu tinha arrumado alfabeticamente por título. Desta vez, arrumei por ator. *F. Murray Abraham, Ben Affleck, Kirstie Alley.* Quando pegava um ator cujo sobrenome estava na segunda metade do alfabeto, colocava a fita numa pilha separada. *Bruce Willis, Patrick Swayze, Brad Pitt, Casamento.*

Casamento. Meus pais me olhavam da capa, 12 anos mais moços, rostos colados, sorrindo complacentes, como se tivessem desvendado um segredo. Um coração cafona emoldurava a foto. O vídeo havia sido presente de casamento de um amigo de papai, um *cameraman* que tinha gravado tudo no dia mais feliz da vida deles.

Mandei a fita longe, como um *frisbee*. Ela foi parar na parede do outro lado do porão. Depois continuei arrumando os vídeos. *Jennifer Aniston, Alec Baldwin, Drew Barrymore.*

Adorava minha mãe. E odiava meu pai por tê-la transformado em uma mulher que deixava praticamente qualquer cara beijá-la porque estava desesperada pra achar um substituto – alguém que a amasse como ele a havia amado, só que agora pra valer.

Jeff Bridges, Gabriel Byrne, George Clooney.

Ela merecia um homem muito, muito melhor que o Salsichão, o Traidor, o Sobrancelha Única, o Cretino. *Nós* merecíamos.

Olhei para a fita que estava na minha mão. E foi então que caiu a ficha. Avisei a Rosie que já voltava.

Disparei escada acima e liguei para Phoebe, mesmo sabendo que era muito tarde. Ela atendeu no segundo toque.

– George Clooney – falei.

– O que tem ele?

– É o homem perfeito para a minha mãe.

Na manhã seguinte, o telefone tocou às nove da manhã, como acontecia todo domingo. Eu estava descendo a escada, de banho tomado, usando meu jeans preferido e uma camiseta azul na qual se lia: "sem logo". Sim, eu via a ironia. Tentei fazer um topete no alto da cabeça com gel, para ganhar um *look* mais radical, mas não demorou muito para que despencasse, porque mamãe ainda não havia conseguido cortá-lo e estava muito comprido. Ela e Rosie estavam na cozinha colocando *waffles* congelados para assar.

– Oi, papai – ouvi Rosie dizer.

Havia conseguido evitar falar com ele desde o incidente do cocô, e não tinha intenção de ceder. E tem mais: estava louca para saber a opinião de Phoebe em relação à minha ideia, que, à luz do dia, parecia um grande tiro no escuro e até mesmo ilusória. Então, enquanto Rosie iniciava um longo monólogo, contando cada minuto da semana, entrei na cozinha, disse bom-dia a mamãe, me servi de um copo de suco, depois do qual, devidamente ingerido, me dirigi à porta da frente. Calçava as galochas e a capa quando Rosie veio me trazer o telefone.

– É o papai.

– Diga que não estou.

Rosie hesitou, ainda segurando o telefone.

– Mas você está.

– Não estou, não.

– Está, sim... Está bem na minha frente. Ele sabe que você está. Eu disse que você estava – e acrescentou num cochicho dramático: – Ele deve estar ouvindo você dizer que não está.

Dei de ombros e levantei a voz.

– Não estou.

Rosie fez cara feia e levou o fone à orelha:

– Ela disse que não está.

Revirei os olhos.

– Também te amo, papai. Tchau – Rosie desligou. – Ele ficou bravo porque você não quis falar com ele.

– Tanto faz.

Rosie suspirou pesadamente.

– Não devia ter dado cocô para as nossas irmãs, Violet.

– Elas não são nossas irmãs – falei. – São irmãs pela metade. E papai preferiu ficar com elas em vez de ficar com a gente, porque gosta mais delas. Você acha que ele liga muito se a gente vai até lá ou não?

A cara de Rosie se franziu. E aí as comportas se abriram – lágrimas enormes rolaram pelo rosto dela.

– Ele não gosta mais delas! Cala a boca!

Rosie pegou um pé do meu tênis Converse no chão e arremessou-o contra a minha cabeça, errando por pouco. Daí subiu a escada correndo. Instantes depois, bateu a porta do quarto.

– Violet, o que está havendo? – mamãe perguntou da cozinha. – É melhor falar com seu pai!

– Vou na Phoebe. Tchau! – gritei, e disparei porta afora.

Sabia que levaria uma bronca depois. Sabia que mamãe provavelmente me poria de castigo de novo por não me desculpar com papai, Jennica e as gêmeas, e sabia que ela me obrigaria a pedir desculpas para Rosie, dizendo que não tinha falado sério.

Mas também sabia que o que tinha dito pra Rosie era verdade.

E, às vezes, a verdade dói.

Cathy abriu a porta da casa de Phoebe. Estava com roupa de ginástica; tinha acabado de chegar da sua corrida.

– Oi, Violet. Günter fez panquecas. Junte-se a nós.

Tirei a galocha e a segui. *Waffles* congelados eram gostosos, mas as panquecas de Günter – caseiras, grossas e macias – eram totalmente superiores.

A casa deles era o oposto da nossa: bem mantida e imaculada. Decorada em tons de bege e marrom, toda a mobília combinava e nada era de segunda mão. Os cômodos – até a cozinha, onde Günter havia acabado de fazer panquecas – eram limpos e não tinham nada atulhado.

Depois do café da manhã, Phoebe e eu fomos pro quarto dela. Ao contrário dos outros cômodos da casa, ele parecia uma bomba detonada. Todas as roupas que ela tinha usado na semana estavam espalhadas pelo chão. Havia pilhas de livros pelo quarto todo. Três gavetas estavam abertas, o conteúdo delas saltando pra fora. Há muito tempo seus pais tinham desistido de tentar fazê-la manter o quarto arrumado, e agora só pediam que Phoebe deixasse a porta fechada, assim eles não viam a bagunça.

Duas paredes eram cobertas por pôsteres gigantes de modelos magrelas de revistas. "Um objetivo a ser alcançado", dizia. O que era loucura. Phoebe era linda. Tinha um cabelo preto brilhante, liso e comprido, pele perfeita e olhos castanhos amendoados. Eu mataria para ter a aparência dela. Mas Phoebe não conseguia ver isso, graças à Coisa Um e à Coisa Dois.

O que aconteceu foi o seguinte: Phoebe e eu estávamos no balanço durante o intervalo, no sexto ano, quando ouvimos umas risadinhas. Ashley e Lauren estavam na mesa de piquenique encarando a gente. Claudia estava com elas. Ashley se inclinou em direção a Lauren e Claudia e cochichou alguma coisa. Lauren teve um ataque de riso; Claudia revirou os olhos.

Após a escola, encontramos Claudia diante do armário dela e perguntamos o que Ashley tinha falado da gente.

– Ela deu apelidos pra vocês – Claudia contou, fazendo uma bola enorme com o chiclete.

– Que tipo de apelidos? – perguntou Phoebe.

– Quer mesmo saber?

Fizemos que sim com a cabeça, mas o estômago de ambas se retorceu.

– Porquinha e Panqueca. Panqueca por ser muito achatada. E Porquinha por... bom, vocês sabem.

Claudia não contou por maldade; contou porque perguntamos. Mas a sensação foi a de um soco no estômago.

Phoebe chegou a chorar no caminho de casa.

– É gordura infantil. Cathy diz que vai sumir quando eu encorpar.

– Sua mãe está certa. E você não é gorda, você é linda demais.

– Tá legal.

– Sério. E pelo menos não chamaram você de Panqueca – falei, dando uma olhada no meu peito reto.

– Porquinha é pior – Phoebe choramingou.

Naquela noite, apelidamos Ashley e Lauren de Coisa Um e Coisa Dois. Não mudava nada, mas nós duas nos sentimos um pouco melhor.

Agora que estávamos sozinhas no quarto dela, Phoebe concordou que minha ideia era um tiro no escuro.

– O George deve receber tudo o que é proposta todos os dias. Algumas devem até incluir fotos. Sabe, aquelas que não escondem nada...

Ela tirou o laptop debaixo de uma pilha de roupas na cama e o ligou.

– Mas, por outro lado, como Cathy gosta de dizer, "quem não arrisca, não petisca". E você tem um ás na manga: sua mãe já o conhece.

Phoebe digitou *George Clooney* no Google. Entraram quatrocentos mil resultados. Eis o que ficamos sabendo.

FATOS SOBRE GEORGE CLOONEY

1. George Clooney não é só um grande ator; também é ambientalista e defende várias boas causas.
2. Ele adora animais e teve até um porquinho. Ficou arrasado quando o porco morreu.
3. Foi eleito o homem vivo mais sexy pela revista People, duas vezes.
4. É amigo daquele outro gato de mais de quarenta anos, Brad Pitt.
5. Ele gosta de passar trotes.
6. Gosta de andar de moto.
7. Tem uma segunda casa no Lago Como, Itália.
8. Foi casado uma vez, há muito tempo.
9. Desde então, namorou quilos de mulheres, principalmente modelos.
10. Ele jurou que nunca mais vai se casar.

O número 10 era desencorajador.

Phoebe afirmou filosoficamente:

– Como Cathy gosta de dizer, "nunca diga nunca".

– Vai ver ele não encontrou a mulher certa.

Phoebe concordou com um gesto de cabeça.

– Günter me disse uma porção de vezes que ele não planejava se amarrar pela instituição do casamento até Cathy lhe dar uma rasteira – ela abriu um documento novo no Word. – Na pior das hipóteses, você nunca receberá uma resposta dele. Na melhor, receberá. Ou seja, não tem nada a perder.

Ela me passou o laptop.

– Vou jogar Wii com Günter. Me chama quando terminar.

Eu escrevi o seguinte:

Caro sr. Clooney,

Olá. Como vai? Eu estou bem. O senhor não me conhece, por isso permita-me que me apresente.

Meu nome é Violet Gustafson (o nome é porque minha mãe gosta de flores; o sobrenome é da minha mãe, porque os pais dela eram suecos e, depois que meus pais se divorciaram, ela voltou a usar o nome de solteira, e eu também). Tenho 12 anos. Moro em Vancouver, Canadá.

Mas chega de falar de mim. Estou lhe escrevendo para falar da minha mãe. Ela se chama Ingrid Gustafson e, se o nome soar familiar, é porque já a conhece. Há muito tempo ela penteou seu cabelo num estúdio de filmagem. O senhor deu a ela uma foto autografada escrito: "Para Ingrid – que nossos caminhos se cruzem de novo". Bom, George (tudo bem chamar você de George?), hoje é seu dia de sorte!

Minha mãe é incrível. Ela está com 37 anos e é muito bonita. Todo mundo diz isso. Ela tem um cabelo castanho comprido, olhos verdes e um dente ligeiramente torto. Sua altura é mediana, 1,68 metro, e tem um corpo bem legal pra quem teve duas filhas. Não vou mentir pra você, George, ela bem que podia perder o pneuzinho que tem na cintura, mas eu te pergunto: onde ela vai achar tempo para ir à academia se tem de criar duas filhas?

Como você, Ingrid foi casada uma vez, com o meu pai, que se chama Ian Popischil. Se o nome dele também lhe soar familiar, é porque ele mora em Los Angeles, talvez vocês se conheçam. Ele é diretor de TV. Ian casou-se de novo com uma atriz chamada Jennica Valentine. Imagino que também já a conheça, mas, acredite em mim, não queira jamais escalá-la para um filme seu, porque, falando curto e grosso, ela não tem muito talento. Jennica estrelou um programa chamado *Paranormal Pam*, que foi cancelado no terceiro episódio e desde então só pegou papéis pequenos, como a baladeira que é esfaqueada nos primeiros dois minutos do *CSI Miami* e uma das paqueras de Charlie em *Two and a half man*.

Meu pai e Jennica têm gêmeas. Ele não tem muito tempo para nós, mas tudo bem, porque eu também não tenho muito tempo pra ele.

O que me traz ao motivo para estar escrevendo. Meus pais se separaram há mais de dois anos. No começo, minha mãe não namorava. Ela chorava muito e tomava bastante vinho. Mas, após um tempo, graças à péssima influência de sua pretensa amiga, Karen, ela começou a namorar de novo.

E muito.

O problema, George, é que o gosto dela para homens é horrível. Por isso resolvi eu mesma procurar alguém mais adequado pra ela. E tenho um palpite muito bom em relação a você. Tenho certeza de que um ia mexer com a cabeça do outro. Vocês já fizeram isso... ha-ha-ha.

Sei que você teve muitas namoradas (minha amiga Phoebe diz que você é "monógamo convicto") e até uma esposa, e que nada deu muito certo. Bom, você já parou para pensar que talvez não tenha conhecido a mulher certa? Espero que não se ofenda por dizer que algumas dessas modelos glamorosas que você namora talvez estejam apenas usando sua fama e fortuna. Eu ficaria de olho. Elas podem ser muito calculistas. Basta ver um reality show e vai entender o que estou dizendo.

Por outro lado, minha mãe jamais usaria você. Ela é uma cabeleireira talentosa que jamais esperaria ser sustentada (embora tenha certeza de que não recusaria uma visita ocasional à sua casa na Itália).

Minha mãe sempre acreditou em abrir o próprio caminho na vida e, não importa onde você decidir morar, ela arranja um trabalho (mas recomendo que seja algo de meio período, assim ela terá a chance de fazer academia pra perder cintura e estar em casa na hora que minha irmã e eu chegarmos da escola).

O que me leva ao ponto final. Soube que você não pensa em ter filhos. Bom, George, eu te ofereço o melhor dos dois mundos. Você não teria aquela balbúrdia de bebês, porque estaria adotando duas filhas crescidas. Como eu disse, tenho 12, e minha irmã, Rosie, tem cinco anos. Acredito que seríamos excelentes enteadas e poderíamos te chamar do jeito que quisesse, George ou papai.

Mando junto uma foto da minha mãe pra você ver que não estou mentindo sobre a aparência dela. Agradeceria se pudesse ter uma resposta rápida.

Atenciosamente,

Violet Gustafson

Chamei Phoebe quando terminei a carta. Ela leu tudo e fizemos alguns ajustes.

– Está muito boa, Violet – ela me disse, e senti que falava a verdade. – O George tem de ser doido para não querer conhecer sua mãe depois de ler isto.

Imprimimos a carta no escritório de Cathy. Depois percebemos que precisávamos do endereço de George e apelamos ao Google de novo. O endereço da casa dele não parecia estar na lista; tivemos de nos contentar com o endereço do agente dele. Enderecei ao sr. Clooney, aos cuidados de seu agente. Colocamos uns seis selos no envelope, só por segurança.

Por fim, mas não menos importante, peguei uma foto em meu bolso. Eu a tinha retirado da capa do vídeo *Casamento*. Claro, estava meio desatualizada, mas eu queria uma foto que causasse uma boa primeira impressão. Phoebe me passou a tesoura. Eu cortei o papai, amassei e joguei na lata de lixo. Depois coloquei a mamãe com todo cuidado no envelope.

Phoebe e eu vestimos nossos casacos e fomos à caixa de correio da esquina. Não estava chovendo. E, quando depositei o envelope na caixa, o sol apareceu entre as nuvens.

Tínhamos aula de ginástica com a srta. Baldelli no primeiro período das manhãs de segunda-feira; enquanto Phoebe ia ao vestiário, levei Rosie para sua classe no jardim de infância. Rosie usava as asas de fada. Eu tinha conseguido fechar o rasgo com fita adesiva prateada. De início, Rosie não estava tão convicta.

– Não ficou muito bom – ela disse.

– E se eu puser uma fita na outra asa, para combinar? – sugeri. – Desse jeito vai parecer uma marca prateada na asa.

Isso resolveu a questão. Eu estava guardando a mochila dela quando Rosie cochichou:

– Aquela é Isabelle, a menina que rasgou minhas asas.

Olhei ao redor. Isabelle estava um pouco adiante. Umas meninas a rodeavam, e ela mostrava os tênis. Eram cor-de-rosa e, quando andava, umas luzinhas acendiam no solado. Nisso, ela avistou Rosie.

– O que é isso nas suas asas? – perguntou.

– Marca prateada – respondeu Rosie.

– É nada, é fita adesiva! Ficou horrível! – comentou Isabelle, e virou as costas para Rosie, pulando com seus tênis.

Rosie tirou as asas e me entregou.

– Mudei de ideia. Não quero usar as asas hoje.

Enfiou o polegar na boca e rumou para a classe.

Eu senti vontade de esganar Isabelle. Pelo menos lhe dar um beliscão, com bastante força. Em vez disso, sorri enquanto passava por ela e seu grupinho.

– Tênis legais – falei. – Pra quem tem três anos.

É. Eu sei. Provocar uma criança de cinco anos é baixeza, mas eu gostei. Saí da sala saltitante, com as asas penduradas no ombro, e dei de cara com Jean-Paul.

– Ei, *Pamplemousse.* Pretende sair voando? – ele perguntou, dando uma olhada nas asas.

Pamplemousse?

– São da minha irmã.

– Combinam com o tênis – continuou, apontando para meus tênis de cano alto de bolinhas brancas e rosas. – Você adora um Converse, hein?

Assenti com a cabeça.

– Tenho seis pares.

Começamos a andar juntos pelo corredor até o vestiário, e tentei lembrar a mim mesma de que fazer isso era uma coisa inteiramente normal e insignificante, e que meu corpo podia parar de pinicar.

– Onde comprou?

– Meu pai me mandou de Los Angeles. Lá é mais barato.

– Seus velhos são divorciados?

Fiz que sim com a cabeça.

– Os meus também. Meu pai ficou em Winnipeg.

Chegamos à porta do vestiário e ele disse, fazendo uma careta:

– A gente se vê na ginástica. Ouvi dizer que vamos dançar.

Abri a porta do vestiário feminino. Phoebe já estava com a roupa de ginástica. Devia estar com cara de alguém em choque, porque ela me perguntou o que tinha acontecido.

– Não foi nada – disse. Depois, continuei com o ar mais indiferente do mundo: – Jean-Paul conversou comigo. Ele me chamou de *Pamplemousse.*

– Chamou você de *Grapefruit*! Que lindo!

– Por favor... Ele só quis ser simpático.

Phoebe apenas sorriu com um arzinho afetado.

– Ei, Violet.

Ashley e Lauren vieram do canto onde ficavam os espelhos. Deu pra ver que estavam maquiadas. Pra ginástica.

– Adivinha quem eu vi de manhã? – Ashley continuou com um sorriso de satisfação.

– Como é que vou saber?

– Sua mãe. Do lado de fora do café na rua Principal.

– E daí?

– Daí que ela estava beijando um ruivo esquisito.

Oh. Enfiei a camiseta pela cabeça, esperando esconder a vermelhidão na minha cara.

– Sua mãe é rodada, hein? – comentou Ashley. – Lembra do ano passado, quando ela namorou nosso professor?

Grrrr. Como se eu pudesse esquecer.

O que aconteceu foi o seguinte: no sexto ano, tivemos um professor eventual por algumas semanas. O nome dele era Paulo Cassini, e ele substituiu uma professora que teve uma emergência familiar. Mamãe o conheceu numa reunião de pais e mestres; ele ficou de olho nela. Bem na minha frente. Bem na frente de outros pais. Foi de vomitar.

Só saíram juntos algumas vezes porque ele era fanático pelo jogo Dungeons and Dragons; só sabia falar nisso. O breve namoro deles poderia ter sido mais um Segredo da Família Gustafson se Ashley e algumas amigas dela não os tivessem visto juntos no cinema certa noite, de mãos dadas, na fila da pipoca.

Honestamente, namoros entre pais e professores deviam ser proibidos por lei.

– Se fosse você – comentou Ashley, enquanto aplicava mais uma camada de *gloss* nos lábios –, ia querer que minha mãe cortasse as reuniões de pais e mestres pela copa.

– Pela raiz – rosnei.

– Quê?

– É cortar pela *raiz*; você disse *copa*.

Ashley soltou um risinho de desprezo.

– Vem, Lauren – chamou ela, e a Coisa Dois a seguiu obedientemente para fora do vestiário.

Claudia estava sentada ao lado de Phoebe, embrulhando um chiclete num pedaço de papel para que pudesse continuar a mascá-lo depois. Ela me disse:

– Você tem sorte. Queria que minha mãe ainda estivesse na ativa. Ela se enroscou com o meu padrasto dois meses depois que meu pai foi embora. Ele é um completo babaca. Quando fizer 16 anos dou o fora de lá.

A porta do ginásio se abriu e a srta. Baldelli soprou seu apito.

– Meninas, mexam-se!

Fomos poupadas da aula de dança porque a professora havia esquecido o aparelho de CD. Ela nos fez jogar queimada. Eu mirava cada bola que pegava em Ashley, mas, por mais que tentasse, não consegui atingir o alvo.

Ela, no entanto, me acertou no traseiro. Duas vezes.

– Então, Violet, o que acha do cara com quem sua mãe está saindo? – perguntou-me Karen, sem tirar os olhos do laptop.

Ela estava sentada sobre os pés numa cadeira do salão. Phoebe e eu estávamos a seu lado, na área de trabalho de mamãe, folheando as revistas *US* e *Entertainment Weekly*. Rosie girava na sua cadeira favorita, mais ao fundo. De vez em quando, eu olhava para o rosto sorridente de George Clooney e tentava lhe mandar energia positiva.

Olhei diretamente para Karen e fingi enfiar um dedo na goela.

– Você não gosta de nenhum namorado da sua mãe – ela me disse.

– Porque todos eles são uns fracassados.

– Epa, eu que arranjei pra ela alguns desses tais fracassados.

– É, esses foram os piores.

Karen me olhou feio, mas não me contradisse porque sabia que eu falava a verdade. Ela apresentara Carl para minha mãe, o primeiro cara que havia namorado pós-papai. No começo ele parecia legal e engraçado. Mas mamãe logo descobriu que Carl se tornava o Médico e o Monstro quando bebia. Depois de ter dito a ele que não queria mais vê-lo, ele apareceu uma noite em casa, bêbado como um gambá. Mamãe não estava. Quando impedi que entrasse (*dããã*), ele pegou uma pedra e a atirou na vidraça da frente.

Os Bright viram quando aconteceu. Foram eles que chamaram a polícia. Nunca mais vimos Carl.

Também foi Karen quem apresentou Jonathan. De certa maneira, ele havia sido o pior de todos.

– Ela parece gostar dele – Karen dizia. – Como é mesmo o sobrenome dele? Frankfurter, aquele tipo de salsicha?

– Wiener. Dudley Wiener.

Karen gargalhou.

– Mas que nome infeliz.

– Você não devia estar trabalhando? – perguntei-lhe.

Minha mãe ajudava Mohamed a fazer permanente numa mulher.

– Estou aqui caso os alunos precisem de mim. Só estou checando minha página no Facebook. Falando nisso, por que você ainda não pediu para ser minha amiga?

Phoebe e eu nos entreolhamos. Ambas estávamos no Facebook, como todo mundo da escola. Falando por mim mesma, a emoção do Facebook passou bem depressa, possivelmente porque eu só tinha nove amigos, incluindo Phoebe e minha mãe. Só checava minha página uma vez por semana. Então, quando havia entrado nele na semana passada e vira *uma solicitação de amizade*, não vou mentir, tinha ficado bem animada. Até descobrir que a solicitação era de Karen. Minha vontade de ignorar foi enorme. Mas não apertei nem confirmar nem ignorar. Preferi sair da página.

– Você pediu pra ser minha amiga? Não tenho entrado muito na página.

Mentira.

– Então, confirme. Estou para romper a marca de trezentas amizades.

Sinceramente, para mim já seria difícil acreditar que Karen estivesse no final da marca dos trinta.

Mohamed tinha acabado de colocar a cliente no secador, e mamãe veio se juntar a nós. Usava uma saia que escondia o pneu inteiro, o que era um alívio.

– Quer cortar agora? – ela me perguntou.

– Claro, obrigada.

Karen fez uma careta quando mamãe começou a cortar meu cabelo.

– Fica melhor comprido, Violet. Devia deixá-lo crescer. Garotos gostam de cabelos longos.

– Então está perfeito assim, porque não quero que os garotos gostem de mim.

– Por quê? Você é gay?

– Karen... – advertiu minha mãe.

– Não sou gay. Só não estou interessada.

– Sério? Cara, eu já era louca por garotos aos cinco anos – disse Karen, rindo dessa lembrança.

– É, e veja onde foi parar.

Phoebe soltou um ruído por trás da revista. Karen abriu a boca para rebater, mas mamãe interrompeu.

– Parem as duas. Violet, lembre-se de que precisa ligar para seu pai quando chegar em casa.

Não respondi.

– Falo sério. Depois de fazer sua irmã mentir ontem...

– Ela não mentiu. Rosie falou: "ela disse que não está".

– Não discuta comigo. Ele está esperando seu telefonema depois das aulas – ela cutucou minha orelha delicadamente. – Não pode evitá-lo para sempre, Violet. Precisa aliviar o clima.

– Não me diga que ainda não se desculpou! – comentou Karen com incredulidade.

– Cala a boca, Karen – repliquei. Outra maneira de dizer não.

Quando chegamos em casa, dei a Rosie um copo de leite e uma barrinha de cereais que peguei no armário, e a despachei ao porão pra ver um filme. Depois corri até meu quarto e peguei minha Bola 8 Mágica.

Phoebe já estava sentada no sofá dourado quando entrei na sala. Sentei no sofá vermelho.

– Tem certeza? – ela perguntou.

Dei de ombros.

– Vai deixar as coisas mais interessantes. Pronta?

– Sim.

Peguei o telefone e disquei. Ouvi a voz de meu pai no outro lado da linha. Phoebe também ouviu, porque eu estava no viva-voz.

Não falei nada.

– Violet, é você? Estou vendo seu número.

Chacoalhei a Bola 8 Mágica.

– *Decididamente, sim.*

– Que bom que ligou. Temos muito que conversar. Como você está?

Sacudi a bola mais uma vez.

– *Pergunte de novo depois.*

Pausa.

– Olha, vou dirigir um episódio de *Glamour Girl* a partir da próxima semana. Não é seu programa favorito?

Era. Mas como a Bola 8 Mágica fornecia minhas respostas, falei:

– *Não conte com isso.*

Mais uma pausa. Percebi que ele se esforçava para não parecer frustrado, o que me deu a maior satisfação.

– É, acho que suas predileções mudam o tempo todo. Que pena, consegui para você um autógrafo da Carly Joseph.

Phoebe e eu nos entreolhamos com os olhos arregalados. Adorávamos Carly Joseph.

– Vou te mandar assim mesmo. Se não quiser, Rosie pode gostar.

– *É uma certeza.*

Outra pausa.

– Está me respondendo com uma Bola 8 Mágica?

– *Todos os indícios apontam para sim.*

– Tá. Corta essa, ouviu? – ele resmungou, e desta vez não escondeu a frustração. – Temos de conversar sobre o que aconteceu quando esteve aqui. Jennica ainda está chateada, e não é surpresa. Você nos deve desculpas, Violet. Principalmente às suas irmãzinhas.

Chacoalhei a Bola 8.

– *Minha resposta é não.*

Papai respirou fundo.

– Olha, você e sua irmã devem vir pra cá no feriado em março. Mas, até que se desculpe... não vou permitir.

Para ser sincera, isso doeu um pouco, mas mantive uma expressão neutra por causa de Phoebe.

– Como pôde fazer aquilo, Violet? Elas têm *dois anos*. São suas irmãs, pelo amor de Deus!

Agora a voz dele estava genuinamente alterada. Phoebe cobriu o rosto com as mãos, espiando pelas aberturas dos dedos, como se assistisse a um filme de terror.

Não respondi. Uma parte minha queria gritar que é lógico que eu sentia muito, que sabia que tinha feito uma coisa horrível. Mas outra parte desejava gritar que o que ele tinha feito para nós *era muito pior*, e ninguém havia pedido para ele se desculpar.

– Ótimo – respondeu papai. – Já acabei. Lembre-se de que eu te amo.

Sacudi a bola uma última vez.

– *Altamente duvidoso* – repliquei. E desliguei.

Phoebe me olhou, abraçando uma almofada.

– Puxa, foi melhor que televisão. Você é terrível! – concluiu, balançando a cabeça.

Mas, pelo jeito que falou, vi que era um elogio.

Depois que o papai foi morar em Los Angeles com a Jennica, eu virei uma tartaruga e entrei no meu casco. Passava a maior parte do meu tempo livre no quarto lendo ou, de maneira obsessiva, reorganizando roupas, livros, brinquedos. Quando terminava de organizar as coisas no meu quarto, entrava de fininho no da mamãe e arranjava os sapatos dela por cor ou alinhava tudo no armário de remédios do banheiro de acordo com o tamanho. Não tinha muito a ver com limpeza, só que eu queria tudo no lugar adequado.

Phoebe tentou me tirar da concha nas primeiras semanas, mas, quando percebeu que não estava dando certo, pensa que ela me abandonou? Não. Chegava trazendo um livro e nós duas ficávamos no quarto durante horas sem falar. Se eu sentisse necessidade de parar para reorganizar todas as toalhas e lençóis do armário, ela não dizia sequer uma palavra. Trocávamos os livros dos quais gostávamos e, no final desses primeiros meses, tinha lido a série *As crônicas de Nárnia* e a trilogia *Alice, I think*, e ainda tudo que Judy Blume e Roald Dahl haviam escrito.

Mamãe se inquietava por minha causa, mas eram tantas as outras preocupações na cabeça! Tinha de cuidar de Rosie; tinha de pensar em voltar a trabalhar; e tinha de lidar com o próprio sofrimento. No começo, achei que *sofrimento* era uma palavra esquisita de usar porque meu pai não havia morrido nem nada. Mas Amanda me explicou uma noite que *sofrimento* era a palavra perfeita.

– Sua mãe sofreu uma grande perda. Todas vocês sofreram.

Não falei para Amanda que às vezes eu desejava que papai *tivesse* morrido num acidente de carro ou atingido por um raio.

Achava que seria mais fácil se ele estivesse morto e enterrado em vez de alegre e radiante em Los Angeles, com uma atrizinha prestes a lhe dar duas filhas para amar.

No fim, seguindo o conselho de Amanda, minha mãe me mandou a uma terapeuta, para me ajudar a superar meus sentimentos. O nome dela era dra. Belinda Boniface, um nome simplesmente fabuloso. Ela até que era legal. Fui poucas vezes, porque a dra. Belinda Boniface cobrava uma nota preta pelos serviços, o que pra mim não fazia muito sentido, já que ela só fazia perguntas e ficava me vendo brincar com bonecas.

Um dia, ela me pediu que desenhasse nossa família. Olha o que desenhei:

Ela notou que meu pai não estava no desenho, então me pediu que fizesse um retrato dele. Olha como ficou:

Depois disso, a dra. Belinda Boniface disse a minha mãe que os desenhos indicavam que eu sentia muita raiva do meu pai.

Dããã, pensei na época. Não precisava de terapia cara pra alguém me dizer isso.

– Qual é seu pseudônimo? – perguntei a Phoebe.

– Nancy – ela respondeu.

– De Nancy Drew?

– É lógico.

– O que está procurando?

– Um presente de aniversário pra minha mãe.

Era uma noite de terça-feira, e Rosie e eu estávamos na casa de Phoebe. Tínhamos acabado com as deliciosas batatinhas fritas de Cathy e nos preparávamos para devorar uma torta de maçã de Günter. Tínhamos vindo logo depois da escola para poder lavar roupa e, quando Cathy soube que mamãe ia sair de novo com Dudley, ela nos convidou para jantar.

– Não esqueça o binóculo – falou Phoebe.

– Anotado.

– Eu levo os *walkie-talkies*.

– Anotado. Eu levo sanduíches.

– E eu, biscoitos e caixinhas de suco.

– Gosto do Dudley – palpitou Rosie, falando com a boca cheia de torta.

– Sei que gosta. Mas precisamos verificar se ele não tem nenhum segredo sujo. Lembra do Jonathan?

– Ele magoou a mamãe.

– Exato. Não queremos que isso aconteça de novo, não é?

Rosie balançou a cabeça em negativa. Enfiou o último pedaço de torta na boca e pulou da cadeira pra procurar Günter, que tinha prometido jogar Wii com ela.

– Olha, a gente não ia precisar fazer nada disso se George tivesse respondido – falei.

Fazia um mês que havia mandado a carta, e nada de resposta.

Phoebe deu de ombros.

– Ele deve estar ocupado. Mas ainda bem que estamos fazendo isto. Enfim, vou ver a cara do tal do Wiener.

Suspirei.

– Ele tem cara de salsichão.

Eu não conseguia acreditar que minha mãe ainda estivesse saindo com Dudley. Com certeza não era por causa da aparência dele. E, sem dúvida, também não era devido aos presentes idiotas que ele lhe dava. Agora éramos as orgulhosas proprietárias de um jogo de porta-escovas de dentes, saboneteira, escova de banheiro (fala sério!) e papel higiênico cheio de coraçõezinhos.

Não podia ser por causa do dinheiro, porque, se é que ele tinha algum, era óbvio que não gostava de gastar.

– Fomos a um concerto de *jazz* gratuito numa igreja – mamãe nos contou certa noite.

Ou:

– Demos uma caminhada na praia em plena chuva.

Ou:

– Ele me levou a um simpósio gratuito.

E definitivamente, com certeza absoluta, ela não saía com ele pelo seu senso de humor. Minha desconfiança mais sombria havia se confirmado nos últimos tempos: Dudley adorava brincar com as palavras.

Certa noite, enquanto esperava mamãe se aprontar, o Salsichão e Rosie ficaram brincando com um jogo de pescaria.

– Este jogo está começando a me deixar "barbado" – comentou ele.

– Ei, você foi "traíra". Era a minha vez.

Claro que Rosie achou o máximo. Estava à beira da histeria. Quando mamãe se juntou a eles, o Salsichão se saiu com esta:

– Rosie fez uma "pescada" comigo, Ingrid.

Mamãe deu risada. E eu completei:

– Você sabe que trocadilhos são a forma mais baixa de humor, não sabe?

Ele assentiu todo alegre:

– Sei. Mas às vezes não consigo me conter. Adoro as palavras! Adoro essa nossa língua!

Então pare de massacrá-la!, quis gritar.

Esta noite, o Salsichão levou mamãe à Galeria de Arte de Vancouver. Por quê? Porque é o dia do "pague o quanto puder". Phoebe e eu decidimos que, como no dia seguinte os professores fariam reciclagem profissional e não haveria aula, podíamos aproveitar para espionar Dudley.

Não seria a primeira vez que faríamos algo parecido com um namorado de mamãe. Até que éramos boas nisso. Tínhamos lido o manual mais maneiro de detetive, *A pequena espiã*, pelo menos três vezes. E já havíamos visto um monte de histórias de Sherlock Holmes, além de uns dez livros de mistério de Nancy Drew que eu tinha achado numa venda de usados dois verões atrás. Nancy estava meio ultrapassada, mas algumas técnicas dela ainda eram relevantes.

A maior parte dos namorados de mamãe realmente dava oportunidade para Phoebe e eu aperfeiçoarmos nossa lista de perguntas para interrogatório. Por exemplo, acrescentamos a pergunta sobre vícios só depois de Carl, e *Você é casado?* só entrou depois de Larry. A maioria não durou tempo suficiente pra que déssemos uma de detetive. Exceto dois.

CASO NÚMERO 1: GUY FORNIER

Guy se pronuncia como em francês, "Gui". Mamãe o conheceu no Havalife. O cabelo dele era espesso e preto, e usava óculos de intelectual, o que o deixava com um ar mais inteligente do que era na verdade. Vestia ternos caros e trabalhava num escritório no centro. Devia ter muita grana, porque tinha um carro esporte caro só de dois lugares – primeira pista de que não gostava muito de crianças.

Guy odiava Rosie e a mim. Na frente de mamãe ele fingia, mas toda vez que ela saía da sala ele ficava esquisito. Uma vez, só perguntei se ele tinha ficha na polícia ou algum pseudônimo, e ele respondeu:

– Pena que sua mãe não deu você pra adoção.

A ideia de ele se tornar uma parte mais permanente de nossas vidas me deixou doente. Então Phoebe e eu tiramos uma dica de *O cão dos Baskervilles*, de Sherlock Holmes. Bolamos uma armadilha.

Quando Guy marcou de pegar mamãe, Phoebe e eu compramos mistura para bolo de chocolate e dissemos a Rosie que íamos fazer um bolo pra ele. Deixamos Rosie colocar a água, os ovos e bater. Quando acabou, suas mãos e seu rosto estavam cobertos de massa.

A campainha tocou (nessa época, ainda funcionava).

– Eu atendo! – Rosie gritou e saiu correndo.

Phoebe e eu fomos atrás. Ficamos só observando o que sabíamos que Rosie iria fazer. Ela se lançou pra cima de Guy e o abraçou.

Ele olhou para a camisa branca de listras azuis e o blazer marinho, ambos cobertos de digitais marrons. O rosto dele se retorceu de raiva.

Só para constar: se eu imaginasse o que ele faria em seguida, jamais teria colocado minha irmã na linha de fogo.

Ele a agarrou e deu um tapa no bumbum dela. Uma vez. Duas vezes.

Phoebe e eu ficamos tão chocadas que perdemos a fala. Minha vontade era arrancar aquele cabelo preto dele. Rosie, claro, caiu no choro.

Mamãe desceu correndo a escada perguntando o que havia acontecido. Ela pegou Rosie, que soluçava, e a abraçou apertado, sem ligar a mínima por também ficar coberta por massa de bolo.

– Ele bateu nela – murmurei.

– *Como é?!*

– Ela me sujou de chocolate! – berrou Guy. – Isso é Hugo Boss!

Mamãe pirou. Disse que ele nunca, *jamais*, devia encostar a mão numa filha dela. Ele falou que ia mandar a conta do tintureiro. Ela respondeu que ele podia pegar a conta do tintureiro e enfiar no traseiro, só que usou outra palavra para *traseiro*.

Não preciso dizer que nunca mais vimos Guy. Caso número 1 encerrado.

CASO NÚMERO 2: JONATHAN FRYE

De todos os caras que mamãe namorou depois do papai, ele foi o que chegou mais perto de deixá-la caidinha. E não só ela – todas nós ficamos caídas por ele. Jonathan era bonito, um advogado bem-sucedido, e gostava de Rosie e de mim. Sempre aparecia com flores para a mamãe e brinquedinhos para nós.

Karen apresentou Jonathan a mamãe numa festa, e o santo dos dois bateu no ato. Vi que mamãe estava se apaixonando por ele porque nossa casa não ficava tão limpa desde que papai tinha ido embora. Jonathan era um cara que gostava de ordem e limpeza, por isso, mesmo que estivesse exausta depois do trabalho, mamãe passava o aspirador de pó e o espanador na sala. Cheguei a vê-la lavar o chão uma ou duas vezes.

Jonathan saía com mamãe pelo menos duas vezes por semana e jantava com a gente uma vez por semana. Toda noite ligava pra ela antes de dormir.

Comecei até a falar do Jonathan com meu pai nos telefonemas de domingo.

– Ele é um cara muito legal. Bem bonito. Tem um monte de dinheiro. E trata a mamãe muito, muito bem.

– Hum... Que bom – dizia papai, mas eu sabia que só uma parte dele achava isso. – Passamos bastante tempo com ele. Muito mais do que com você.

Fui curta e grossa.

Passei a fantasiar como seria se Jonathan se tornasse nosso padrasto. Ficava deitada na cama à noite pensando na ideia, e isso me ajudava a adormecer. *Provavelmente vamos nos mudar para uma casa bem melhor*, pensava. *Talvez ele me ensine a jogar basquete.* Meu pai havia prometido fazer isso, mas foi embora. *Talvez ele nos dê um beijo na testa na hora de dormir, junto com mamãe, e deixe a luz do corredor acesa até Rosie adormecer. Quem sabe me deixe andar de cavalinho nos ombros dele, embora eu já esteja ficando grandinha pra isso.*

Mas, com uns quatro meses de namoro, as coisas esfriaram. Tinha noites em que ele não telefonava. Às vezes mamãe ligava pra ele, mas ninguém atendia. Depois ele começou a cancelar algumas saídas, dizendo que teria de trabalhar até tarde.

Foi quando Phoebe e eu resolvemos seguir os passos da "pequena espiã".

Quando Jonathan cancelou outro compromisso com minha mãe, Phoebe disse aos pais dela que ia estudar na minha casa. Eu falei para mamãe que ia estudar na casa de Phoebe. Armadas com binóculos e salgadinhos, fomos de ônibus ao condomínio de Jonathan no West End. Era um lugar bem bacana, na frente da praia English Bay, e tinha uma árvore no telhado. Ficamos no lado da praia e, da nossa posição, podíamos ver o apartamento dele no segundo andar. As persianas estavam abertas, mas ele não estava em casa.

Ficamos ali por mais de uma hora. Como era primavera, ainda estava claro, apesar de serem oito da noite. O vendedor de cachorro-quente ali perto ficou dando umas olhadas esquisitas pra gente. Já estávamos prontas para guardar tudo quando vimos Jonathan. Ele vinha descendo a rua de braço dado com uma mulher de saia preta curta e salto alto. Pegou as chaves, e os dois sumiram prédio adentro.

– Deve ser a irmã dele – sugeriu Phoebe.

Poucos minutos depois, estavam no apartamento. Erguemos os binóculos para ver melhor.

Jonathan e a mulher começaram a se beijar, bem na frente da janela. Ele fechou as persianas.

– Não deve ser a irmã dele – falou Phoebe.

Baixamos os binóculos. Por algum motivo, senti uma vontade urgente de chorar. Aquele não era apenas o namorado da minha mãe com outra mulher. Era o padrasto dos meus sonhos.

E por isso chorei. O vendedor de cachorro-quente olhou pra nós. Phoebe comprou dois sanduíches e ele me deu uma pilha de guardanapos para assoar o nariz. Voltamos para o ponto de ônibus comendo os cachorros-quentes e quebrando a cabeça pra saber como dar a notícia a mamãe.

O que aconteceu foi o seguinte: quando Jonathan veio jantar em casa, convidei Phoebe pra me dar apoio moral. Quando estávamos no meio da refeição, perguntei do nada:

– Jonathan, quem era a mulher com quem você estava na semana passada?

– Que mulher? – Jonathan me olhou, perplexo.

– Aquela que você estava beijando no seu apartamento.

Jonathan quase engasgou com o macarrão.

– Você tem uma imaginação bem ativa, Violet – ele tentou sorrir, mas ainda estava engasgado.

– Violet, do que está falando? – perguntou mamãe em voz baixa. Rosie mantinha-se em silêncio.

Não respondi. Só olhei para Jonathan, meu coração disparado. Ainda esperava que houvesse uma explicação lógica. Mas ele apenas disse:

– Não quero discutir isso na frente das crianças.

E mamãe nos fez subir.

Dava para ouvir os berros do nosso quarto. A pobrezinha da Rosie chorava.

– Por que ele ia beijar outra moça se pode beijar mamãe sempre que quiser? – ela perguntou.

Phoebe e eu tentamos distraí-la com um jogo de cirurgias, mas Rosie jogou o pé quebrado e o coração despedaçado no chão. Depois teve um surto e se trancou no banheiro. Phoebe e eu não conseguimos fazer com que ela saísse de lá.

Jonathan foi embora uns 15 minutos depois. Mamãe subiu com uma chave de fenda e tirou a maçaneta para que Rosie saísse do banheiro. Depois que ela ninou Rosie até dormir, disse pra Phoebe e eu descermos. Não sei o que eu esperava, mas achei que receberíamos um "muito obrigada", no mínimo.

Que nada. Mamãe estava furiosa – por mentirmos para ela e para os pais de Phoebe, e por termos espionado Jonathan. Mas ela nunca mais o viu.

Por um tempo, mamãe não foi a mesma. Faltou uma semana inteira no trabalho e mal saía da cama. Passei a fazer o café da manhã e o almoço, e saía com Rosie para a escola. Pensando bem, continuo fazendo tudo isso. Quando voltávamos para casa, mamãe ainda estava de pijama, o cabelo gorduroso. Depois do terceiro dia, ela começou a beber alguma coisa. Karen e Amanda se revezavam à noite. Amanda trazia chás de ervas; Karen, bebidas alcoólicas.

Era como a situação com meu pai de novo, mas, de certa maneira, um pouco pior.

– É o efeito cumulativo – Amanda tentou me explicar certa noite. – Acho que ela está se perguntando se todos os homens em quem decide confiar vão acabar sendo uma decepção.

– Não devia ter contado – falei.

Amanda suspirou.

– Você estava tentando fazer a coisa certa. Sua mãe sabe disso.

Após uma semana, mamãe voltou ao trabalho, mas eu ainda a pegava chorando nas horas mais esquisitas, tipo quando estávamos vendo reprises de *Friends*. Eu também não estava legal. Um dia, me tranquei no banheiro e cortei meu cabelo. Não sei por que fiz isso, mas senti necessidade. Dias depois, jurei que nunca, jamais teria um namorado.

– Isso é ridículo – ponderou Phoebe quando contei a ela.

Dei de ombros.

– Muitas mulheres solteiras têm uma vida interessante e satisfatória.

– Como estão as coisas entre sua mãe e Jonathan? – quis saber meu pai ao telefone. Minha mãe estava na sala lendo uma revista.

– Terminaram.

Minha mãe levantou os olhos da revista. Silêncio do outro lado da linha.

– O que aconteceu?

– Jonathan estava pressionando mamãe – respondi olhando minha mãe nos olhos. – Ele queria casar. Mamãe não estava preparada para dar esse passo. Ela *adora* estar solteira.

– Ah, sei... – respondeu meu pai.

Pela primeira vez em semanas, minha mãe sorriu.

– Pessoa do sexo feminino, aproximadamente quarenta anos, relativamente atraente se ignorar seu formato de pera, câmbio.

Era a voz de Phoebe pelo *walkie-talkie*. Ela estava do lado de fora da loja de Dudley, que ficava na rua Principal com a Décima Primeira. O nome da loja era – e não é brincadeira – Cia. Privada.

Como eu podia ser reconhecida, estava do outro lado da rua, agachada atrás de uma banca de jornal. Espiei com meu binóculo. Pude distinguir Dudley falando com a Mulher-Pera.

– Parece que eles não se conhecem – informou Phoebe. – Acho que ela quer comprar toalhas. Câmbio.

E não deu outra: cinco minutos depois, a mulher saiu com uma sacola grande de compras. Baixei o binóculo e suspirei. Fazia mais de uma hora que estávamos de tocaia e, apesar do céu limpo e do meu agasalho extra, sentia-me entediada e com frio. Ao contrário do que os programas de TV nos fazem acreditar, o trabalho de detetive pode ser um saco.

– Oi, *Pamplemousse*.

Quase caí no chão. Jean-Paul estava na minha frente. Vestia jaqueta e jeans, com um cachecol cinza e azul em volta do pescoço e um gorro combinando na cabeça.

– Jean-Paul! – quase gritei. – O que está fazendo aqui?

– Meu professor de violão mora aqui perto. Marquei uma aula extra, já que não temos aula hoje.

Só então percebi a capa do violão. E eu me considerava uma detetive.

– Quem está espionando?

– Por que acha que estou espionando alguém?

– Está agachada atrás de uma banca de jornal com um binóculo pendurado no pescoço e um *walkie-talkie* na mão.

– Não estou...

O *walkie-talkie* deu um estalido.

– É o Jean-Paul? – perguntou Phoebe naquela voz destituída de corpo. – Disse pra ele que estamos no meio de uma tocaia? Câmbio.

Suspirei.

– Não, vou contar agora. Câmbio.

Phoebe atravessou a rua para se juntar a nós, e todos nos enfiamos numa cafeteria. Jean-Paul pediu um chocolate quente. Phoebe e eu dividimos um chá, porque nosso dinheiro só dava pra isso. Primeiro contei a ele o básico: que Dudley era o novo namorado de minha mãe e que queríamos ter certeza de que era honesto. Mas Jean-Paul fez um monte de perguntas e, quando dei por mim, já tinha soltado a história inteira – sobre meu pai nos deixar pela Jennica; sobre Guy; sobre Jonathan.

Quando terminei, ele ficou muito quieto.

– Você deve achar que sou maluca, não é? – falei e, de repente, senti um nó enorme no estômago. *E se Jean-Paul não for tão legal quanto parece? E se resolver fofocar com o pessoal da escola?* Phoebe e eu já estávamos bem no fim da cadeia alimentar. Não precisávamos descer ainda mais.

– Antes de sairmos de Winnipeg – ele disse –, minha mãe namorou um cara por um tempo. Jack. Não suportava o sujeito. Ele vivia tentando me dar ordens. Fiquei aliviado quando ela arranjou um emprego aqui, mesmo tendo de ficar longe do meu pai, porque isso nos afastou de Jack.

Ele olhou dentro dos meus olhos.

– Então, não, não acho que seja maluca. Só está querendo proteger sua família.

– É isso mesmo!

Phoebe apertou minha coxa por baixo da mesa, e eu sabia que estávamos pensando a mesma coisa: Jean-Paul era 100% demais. De uma perspectiva estritamente objetiva, é claro.

Quando acabamos as bebidas, Phoebe avisou:

– Vou voltar pra loja.

– Posso acompanhar Phoebe – sugeriu Jean-Paul.

Olhamos pra ele com surpresa, e eu reagi:

– Não precisa fazer isso.

– Eu quero. Vai ser divertido trabalhar disfarçado.

Então combinamos: Phoebe iria primeiro pra ver o que descobria e Jean-Paul iria depois dela. E, enquanto Phoebe estivesse na loja, Jean-Paul e eu ficaríamos agachados atrás da banca de jornal do outro lado da rua. Só nós dois. Sozinhos, juntinhos.

Mal podia esperar. De uma perspectiva estritamente objetiva, é claro.

Phoebe, também conhecida como Nancy, estava lá fazia uns dez minutos. Jean-Paul e eu nos sentamos na calçada, os joelhos tão juntos que quase se tocavam. Fiz um esforço danado pra pensar em algo para dizer.

– Gosta de Vancouver?

Pois é. Foi a melhor coisa que me veio à cabeça.

– É legal. Acredite se quiser, sinto falta do inverno de Winnipeg. Sei que aqui é bem mais quente, mas a chuva... Sempre me sinto úmido e com frio. E os dias são muito curtos e escuros... Quer dizer, o frio de Winnipeg congela até os pelos do nariz, mas pelo menos o sol aparece de vez em quando.

– Sente saudade do seu pai?

– O tempo todo. E você?

Dei de ombros.

– Ele foi embora há mais de dois anos.

– Isso não responde à pergunta.

– Eu odeio ele.

– Ainda não responde.

Baixei os olhos para minhas luvas.

– Sim. Sinto saudade dele.

– Do que sente falta?

Pensei por alguns instantes.

– Ele via desenhos animados comigo e com Rosie nas manhãs de sábado. Trazia tigelas de cereal pra gente comer vendo TV e cantava as músicas de *Arthur*, *The magical school bus*, *Caillou*...

– Adorava *Caillou*.

– E ele me ensinou a andar de bicicleta. Às vezes me levava pra um passeio de bicicleta, só nós dois. Ele sabia fazer uma ótima massagem nas costas e consertava tudo. E inventava histórias na hora de dormir...

Minha voz ficou presa na garganta. Durante muito tempo tentei não pensar nisso. Eram histórias de aventura, e papai as inventava do nada. Os heróis sempre eram eu mesma e meu amigo invisível, Pete. As histórias tinham o mesmo começo: Pete e eu saíamos pra brincar no quintal e logo entrávamos numa travessura qualquer: explorar uma árvore oca e cair num buraco que levava a um reino mágico. Ou saltar sobre uma poça de lama que de repente virava um mar e íamos parar num barco pirata. Eram histórias emocionantes, um pouquinho assustadoras, mas claro que tudo sempre terminava bem: a história acabava com Pete e eu entrando em casa bem na hora do lanche.

Quando papai foi embora, quase já não contava histórias de Violet e Pete; afinal, eu estava com quase dez anos. Mas, de vez em quando, se o meu dia tinha sido péssimo, ele sentava na beirada da minha cama e começava a falar. Às vezes eu resmungava que já estava grande para ouvir histórias, mas ele sorria e continuava. Eu permanecia quieta ouvindo a voz dele, e isso me dava segurança.

Voltei ao presente e me virei para Jean-Paul.

– E você? Do que sente falta?

– Meu pai cozinha muito bem. Sinto falta das tortas e dos assados que fazia. Sinto falta de jogar hóquei com ele na pista perto de casa. Sinto falta até de ouvi-lo cantando músicas da Celine Dion aos berros, no chuveiro.

– *Argh* – falei, rindo. – Por que eles se divorciaram?

– Viviam brigando. Acho que não se gostavam muito.

– Meus pais nunca brigaram. Eram superamigos. Viviam se abraçando e se beijando na nossa frente... daí, *bum*! Meu pai contou que estava apaixonado por outra mulher. Isso dá no que pensar. Será que era *tudo* mentira? Será que na verdade ele detestava *Caillou*?

– Ninguém detesta.

E, de repente, Jean-Paul pegou minha mão e a apertou, por uma fração de segundo, antes de soltá-la. Aconteceu tão depressa que fiquei em dúvida sobre se *tinha mesmo* acontecido.

– Pronto, voltei. – Phoebe se agachou também.

– Alguma coisa interessante?

– Nada. Sinto muito, Violet.

Falei pro Jean-Paul:

– Você não precisa ir.

– Mas eu quero.

Jean-Paul levantou e foi até a esquina. Quando o farol abriu, atravessou a rua e entrou na loja.

– E aí? Como foram as coisas? – perguntou Phoebe, tirando um sanduíche de queijo da minha mochila.

– Legal – respondi, tentando parecer indiferente.

– Legal?

– Legal.

– E por que está da cor de uma beterraba?

Suspirei. Não conseguia esconder nada de Phoebe.

– Acho que ele segurou minha mão durante um segundo – contei.

– Ai, meu Deus! – Phoebe gritou com voz tão esganiçada que tapei os ouvidos. – Eu sabia! Tinha certeza de que ele gostava de você, e *sei* que você gosta dele!

Não havia como negar. Phoebe estava certa. Eu gostava *mesmo* dele. De uma perspectiva estritamente objetiva, é claro.

Quando Jean-Paul voltou, trazia uma barra de sabonete de lavanda numa sacola.

– Descobriu alguma coisa?

– Além do fato de que Dudley acha que este sabonete vai deixar minha mãe feliz, nada. Sinto muito.

Missão cumprida, nós três andamos juntos. A rua de Jean-Paul era a primeira.

– Foi divertido – ele comentou. – Me avisem se forem repetir a tocaia.

Ele já começava a se afastar quando as vi, paradas no outro lado da rua, Ashley e Lauren. Coisa Um e Coisa Dois. Encaravam a gente com um olhar de descrença.

Foi o final perfeito para um dia perfeito.

Naquela noite, depois de ter feito tirinhas de peixe e ervilha para mim e Rosie, porque mamãe tinha saído com Dudley; depois de obrigar Rosie a engolir todas as ervilhas, porque precisava comer legumes; e depois de lavar os pratos e ler pra Rosie até ela dormir, decidi entrar no Facebook antes de ver um programa na televisão.

Digitei minha senha: meninalevada1.

Não dava para acreditar: tinha *três solicitações de amizade.*

A primeira era antiga, de Karen. Dei uma bufada. Então, resolvi apertar confirmar.

A segunda solicitação era de Claudia. Apertei confirmar.

A terceira era de Ashley Anderson.

Sim, *aquela* Ashley Anderson.

Fiquei olhando a foto do perfil dela, sentindo um misto de confusão, desconfiança e lisonja, tudo ao mesmo tempo. *Por que a Coisa Um quer ser minha amiga?*

Levei o cursor até ignorar.

Mas daí pensei: *ela deve ter visto Phoebe e eu com Jean-Paul e percebeu que não somos tão fim de linha. Talvez seja a maneira dela de dizer isso.*

Levei o cursor até confirmar.

Mas daí pensei: *esta garota te apelidou de Panqueca! Ela adora deixar você sem jeito na frente da classe!*

Levei o cursor até ignorar de novo.

Mas daí pensei: *já confirmei Claudia como amiga. Se ignorar Ashley, ela vai descobrir e fazer da minha vida um inferno.*

Soltei um gemido. *Quem imaginava que o Facebook pudesse ser tão complicado?*

De repente, Rosie gritou lá de cima:

– Violet, esqueci de pôr a fralda e fiz xixi!

– Tô indo!

Levantei e olhei mais uma vez para a solicitação de Ashley.

E, antes de subir correndo para trocar os lençóis de Rosie, apertei confirmar.

– Ashley pediu para ser sua amiga no Facebook ontem? – perguntei a Phoebe quando deixamos Rosie no jardim de infância.

– Não. Até parece.

– Ela pediu pra mim.

Phoebe ergueu as sobrancelhas.

– Diga que ignorou.

– Claro.

Os olhos de Phoebe se estreitaram.

– Você sabe que posso verificar quando chegar em casa. Como sua amiga no Facebook, tenho acesso à sua lista de amigos.

Suspirei.

– Tá certo. Eu confirmei.

Phoebe estacou no lugar.

– Ficou amiga dela? Mesmo tratando a gente como ela trata?

Dei de ombros.

– Achei que era um bom sinal.

– Violet, a garota te apelidou de *Panqueca*. E me chamou de *Porquinha*...

– Ei, venham ver isto.

Claudia nos chamava do patamar da escada, onde estava colando cartazes. Aliviada por mudar de assunto, fui depressa até lá.

"Baile Sadie Hawkins" – estava escrito no cartaz em letras garrafais. "Quarta-feira, 13 de março, 19:00 horas."

– Que baile é esse? – perguntei.

– É onde as meninas tiram os meninos pra dançar – respondeu ela, revirando os olhos. – A ideia não foi minha. É de Paula Michalowski.

Claudia era da Comissão Social, portanto, estava bem informada.

– Quem é Sadie Hawkins? – perguntou Phoebe.

– Acho que devia ser uma garota que não conseguia namorado do jeito normal. Vocês precisam ir. Vou convidar o Jonah.

– Suponho que eu possa convidar o Andrew – disse Phoebe, enquanto subíamos a escada.

Andrew era o garoto que havia feito a apresentação dos clãs escoceses. Phoebe o conhecia desde que os dois usavam fraldas porque iam à mesma creche. Ela continuou:

– E você pode convidar Jean-Paul.

– Não posso, não! – respondi com firmeza.

Antes que Phoebe pudesse argumentar contra o que gostava de chamar "seu pacto cínico e totalmente irreal consigo mesma", Ashley e Lauren se materializaram à nossa frente como espectros, barrando nossa passagem.

– Ah, oi, Violet – disse Ashley. – Olá, Phyllis.

– Phoebe – corrigiu Phoebe, já com fogo nas ventas. – Só estudamos juntas desde o maternal.

Ashley a ignorou e voltou sua atenção para mim.

– Seu dia ontem foi bom?

– Ótimo.

– Vi vocês com Jean-Paul. Vocês vivem se esbarrando por acaso?

– Não – respondeu Phoebe, satisfeita. – Saímos com ele. Certo, Violet?

– Certo.

Ashley abriu um sorrisinho.

– Ele é *tãooo* legal, não acham?

Phoebe e eu nos entreolhamos, os sentidos em alerta. Aquilo era uma armadilha.

– É, sim – respondi com cautela.

– É uma das melhores qualidades dele. Ele é legal com *todo mundo*, mesmo sem ter o menor interesse pela pessoa.

– Ah – replicou Phoebe. – Quer dizer que ele foi legal com você também?

Tentei engolir a risada, que escapou como um ronco.

– Quer seja... – falou Ashley.

– *Que seja* – corrigi.

– Como?

– O correto é "que seja" – bem, essa parecia ser minha versão personalizada da síndrome de Tourette.

– Você é uma chata, Panqueca – disse ela, usando meu apelido na minha cara pela primeira vez. – E seu cabelo está horrível.

Coisa Um e Coisa Dois saíram marchando rumo aos respectivos armários. Pus a mão no cabelo instintivamente. Tinha tentado usar gel de novo e achei que havia ficado bom desta vez, agora que meu cabelo estava curto.

Pelo menos uma coisa era certa: Ashley e eu podíamos ser amigas no Facebook, mas continuávamos não sendo na vida real.

O resto do dia foi igual a um dramalhão mexicano – uma série de acontecimentos infelizes. Pra começar, Jean-Paul não estava na escola. Depois, quando pegamos Rosie na sala do porão, ela estava sentada no canto de novo. Alison, a moça da creche, me abordou.

– Violet, pode pedir para sua mãe me ligar, por favor?

Fiquei olhando enquanto Phoebe ia até Rosie e a levantava no colo.

– Por quê?

– Ela mordeu Isabelle de novo.

– O que aconteceu?

– Elas não querem contar. Estavam brincando com a casinha de boneca. Ouvimos Isabelle gritar e os dentes de Rosie estavam cravados no braço dela.

– Isabelle deve ter aprontado alguma... – disse.

– Não importa o que Isabelle possa ter dito – Alison falou bem devagar, como se eu fosse idiota. – Morder é inaceitável.

A caminho de casa, arrancamos a história de Rosie.

– A gente estava brincando de casinha e a Isabelle disse que eu não podia ter um boneco pai porque não tenho pai em casa, e então eu falei que nós temos pai, só que ele não mora lá, e ela disse que isso não é ter um pai de verdade. Aí eu mordi o braço dela.

– Sabe de uma coisa, Rosie? – falei. – Eu também teria mordido Isabelle.

Depois, quando paramos no trabalho de mamãe, ela consolava Amanda, que não parava de chorar.

– O que aconteceu? – perguntamos em coro.

– Oh, nada – respondeu Amanda, mas obviamente era mentira. – Cosmo e eu só...

Meu coração deu um salto. Sabia que era ridículo, mas até uma cética como eu tinha de se agarrar a um fio de esperança de que o amor verdadeiro existia para alguns sortudos, e Amanda e Cosmo eram a chama que mantinha viva minha esperança.

– Não me diga que vocês terminaram – disse com voz trêmula.

– Não, não... mas ele tem andado estranho ultimamente. Cancelou nosso encontro ontem com uma explicação sem pé nem cabeça. E, quando estamos juntos, parece querer me contar alguma coisa, mas não consegue. É como se tivesse um grande segredo.

Phoebe olhou para mim. Amanda devia ter capacidade para ler mentes, porque falou:

– E vocês duas *nem pensem* em espioná-lo! Falo sério!

E começou a chorar de novo, por isso mamãe nos enxotou de lá, dizendo que nos veria em casa mais tarde.

Rosie e eu nos despedimos de Phoebe na frente da casa dela, porque ela tinha aula de trompa. Quando chegamos em casa, o sr. Bright estava na varanda dele.

– Diga para sua mãe consertar o escapamento dela ou chamarei as autoridades! – ele gritou.

O escapamento do Balde Enferrujado havia quebrado no fim de semana e fazia o maior barulho quando mamãe ligava o carro.

– Pode deixar que eu digo, sr. Bright! – respondi, entrando depressa em casa com Rosie e trancando a porta.

O telefone estava tocando. Corri para atender, sem ao menos tirar os sapatos.

– Alô?

Atendi antes que a secretária eletrônica fosse acionada.

– Oi, Violet – voz de mulher. Não era minha mãe.

– Oi. Quem é?

– Jennica.

Meu estômago deu um salto. A Esposa Número Dois *nunca* telefonava. Ela era a outra. *Por que diabos ligaria?* A menos...

– Papai está bem? Aconteceu alguma coisa?

Rosie estava a meu lado, e instintivamente peguei a mão dela.

– Não, não, seu pai está bem – ela disse. – Aliás, está ótimo. Ele acaba de ser contratado para dirigir o piloto de uma série nova. É uma mistura de *Lost* com *O toque de um anjo*. Ele vai gravar no Tantamount.

– Ah, legal – soltei a mão da Rosie, que disparou escada acima.

Depois houve uma pausa bem longa. Fiquei tentada a pegar a Bola 8 Mágica e deixar que ela falasse, mas não quis submeter Jennica a isso. Na verdade, não a conhecia direito. É muito mais fácil ser cruel com alguém que você conhece.

– Lola e Lucy perguntam muito sobre você e Rosie – disse Jennica finalmente.

– Perguntam? – comentei, mas por dentro pensei: *mentirosa.*

– Elas sabem que vocês virão para o feriado de março.

– Eu quero ir, eu quero ir! – a voz de Rosie entrou subitamente na linha. A danadinha ouvia na extensão do quarto de mamãe.

– É você, Rosie? – perguntou Jennica.

– Oi, Jenny. E Lola e Lucy?

– Estão ótimas. Falam sem parar. E estão com muita saudade das irmãs.

– Viu? Eu disse que elas sentiam saudade, Violet! – exultou Rosie.

– Saia do telefone, Rosie.

– Não! Você quer que a gente vá, Jenny?

– É claro.

– Mesmo depois do que Violet fez?

– Bom, também estou ligando por isso. Queremos muito que vocês venham nos visitar. Mas, Violet, primeiro preciso de duas coisas de você. Quero que prometa que nunca mais vai fazer algo parecido com suas irmãs, e quero que peça desculpas.

Fiquei calada por um bom tempo. Rosie, não.

– Por favor, Violet, por favor, por favor, peça desculpas. Mamãe não vai deixar eu viajar de avião sem você.

– Rosie, saia... do... telefone – ela deve ter notado meu tom de voz, porque ouvi um clique.

– Por que é você quem está ligando, e não o papai? – perguntei.

– Porque Ian diz que você não fala com ele quando ele liga. Eu disse que tentaria.

Outra longa pausa.

– Então, o que me diz, Violet?

Fechei os olhos. Respirei fundo. Depois, bem devagar, desliguei.

Subi para o quarto. Rosie estava no chão, brincando com o supermercado do Playmobil.

– Nós vamos? Vamos pra lá no feriado?

Peguei a Bola 8 Mágica na estante e dei uma boa chacoalhada nela. *Indícios não muito bons.*

– Sim... sim, acho que ambas concordamos que morder não é bom. Mas também não é bom jogar toda a culpa em cima de Rosie toda vez que há um incidente com essa menina...

Minha mãe aquecia o molho pronto do espaguete enquanto falava ao telefone. Vi que estava agitada porque mexia o molho com força. Ele espirrava da panela e caía no fogão e na blusa dela. Rosie e eu estávamos arrumando a mesa e ouvindo a conversa.

– Está na cara que a menina está provocando Rosie. Precisa falar com ela também... Bom, segundo Rosie, ela disse que o pai dela não conta porque não mora conosco. Pelo amor de Deus, metade das crianças daí tem pais divorciados ou solteiros, não estamos nos anos 1950...

Mamãe tirou o macarrão do fogão, apagou o fogo e o passou pelo escorredor que Rosie gostava de usar na cabeça.

– Está certo. Obrigada. E se quiser que participe de uma reunião com os pais da menina, irei com prazer. Tchau.

Ela apertou o botão *off* do telefone. Pude ver que estava irritada pelo jeito como franziu os lábios.

– Está brava comigo, mamãe? – perguntou Rosie, enquanto minha mãe servia os pratos com espaguete e molho.

Mamãe se ajoelhou ao lado dela.

– Não fico contente em saber que você morde essa menina, Rosie. Mas também entendo que a escola não tem os dois lados da história. Sinceramente, essa gente devia ser treinada em educação infantil.

Começamos a comer. Havia insinuado a Rosie que se ela contasse a mamãe sobre o telefonema de Jennica, uma das bonecas dela poderia perder a cabeça misteriosamente. Por isso fiquei impressionada com a coragem dela quando anunciou:

– A esposa nova do papai ligou.

Mamãe largou o garfo, que caiu dentro do prato.

– Ligou?

A voz dela estava assustadoramente calma.

– Ela disse que podemos ir pra casa deles em março. Mas ela quis que Violet pedisse desculpa por causa do cocô. Por favor, por favor, eu quero. Lá tem piscina!

Mamãe olhou para mim.

– Você se desculpou?

– Não exatamente.

– Não exatamente?

– Eu desliguei.

– Oh, Violet – ela pegou o garfo de novo.

Dei de ombros.

– Não faz mal. Não quero ir, mesmo.

– Essa não é a questão.

– Como assim?

– Você tem de manter o relacionamento com seu pai.

– Por quê?

– Porque ele é seu *pai*.

– E daí? Você era a esposa dele e não tem de “manter o relacionamento”.

– É diferente, e você sabe. Além do mais, as gêmeas são suas irmãs.

– Meias-irmãs...

– *Por favor*, Violet... – implorou Rosie.

– Não! Odeio ir lá! Odeio fingir que está tudo bem. Não está bem! Jennica estragou nossa vida. Estava tudo perfeito até ela aparecer.

Mamãe soltou o garfo de novo.

– Não estava tudo perfeito, Violet. Seu pai e eu já estávamos nos afastando...

Tapei os ouvidos com as mãos. *Lá-lá-lá-lá-lá!* Cantarolando, levantei tão depressa que derrubei a cadeira. Não tinha como levantá-la sem tirar a mão do ouvido, por isso a deixei no chão e subi a escada de dois em dois degraus. Tá, não foi a reação mais madura do mundo, mas, sério, não ia ouvir minha mãe tentando reinventar a história.

Peguei a boneca Roxanna na cama de Rosie, arranquei a cabeça dela e deixei seu corpo decapitado em cima do travesseiro. A cabeça eu escondi numa caixa de sapatos, no fundo do armário. Em seguida, arrumei todas as nossas roupas por tons de cor, com os pensamentos voando pela minha cabeça.

Eles não tinham problemas. Eram perfeitos, tremendamente felizes. Não eram?

Meu mau humor prosseguiu até sexta-feira. Jean-Paul continuava sem ir às aulas. Tirei uma nota baixa no teste de matemática. Quando saí da escola chovia canivetes, e estraguei meu Converse de camurça marrom quando, sem querer, pisei numa poça gigante de lama.

Já dentro de casa, recolhi a correspondência do chão e dei uma rápida olhada. Havia duas contas e um envelope pardo... de Los Angeles. Com um adesivo no canto superior esquerdo com as palavras: "Escritório de George Clooney".

Meu coração disparou.

– Estou com fome – avisou Rosie. – Você me faz um lanche?

– Faça você mesma – respondi com rispidez. – Não sou sua empregada.

– Você é uma bobona – retrucou Rosie, cheia de si, antes de ir para a cozinha.

Eu mal conseguia respirar. Abri o envelope com cuidado e puxei a carta.

Cara Violet,

Obrigado por sua carta a George Clooney.

Infelizmente, devido ao volume de correspondência de fãs que ele recebe, somos obrigados a responder com uma carta-padrão.

No entanto, tenha certeza de que George agradece por você ter se dado ao trabalho de escrever e, para expressar sua gratidão, anexamos uma foto autografada para sua coleção.

Atenciosamente,

Escritório de George Clooney.

– Uma carta-padrão? – espantou-se Phoebe quando liguei pra ela. – Violet, sinto muito.

– Ah!... – resmunguei. Eu estava esparramada no sofá vermelho, mais que deprimida.

– Sabe o que eu acho? Acho que George nem viu sua carta. Acho que o agente dele entregou para algum assistente e pronto.

– Você deve ter razão – ouvi a chave na fechadura. – Mamãe chegou, preciso desligar.

– Certo. É a Noite Oficial das Garotas Gustafson. Quem sabe isso te anima – disse Phoebe. – Amanhã bolamos uma estratégia.

Desliguei o telefone, me arrastei pra fora do sofá e comentei com minha mãe:

– Espero que tenha trazido uma comédia. Bem que estou precisando de umas risadas para...

Parei no meio da frase. Mamãe não estava sozinha.

– Violet, eu disse a Dudley que ele podia ficar conosco na noite de filmes.

O Salsichão estava todo nervoso ao lado dela, segurando uma sacola de comida.

– Não se chama Noite de Filmes. É Noite Oficial das Garotas Gustafson – respondi.

– Acho melhor ir embora... – começou Dudley.

– Não, fica! – gritou Rosie, correndo da cozinha com a cara toda lambuzada com o que parecia ser sorvete de chocolate. – Quero que você fique, e mamãe também – olhou para mim, esperançosa: – Violet também quer. Não é, Violet?

Revirei os olhos.

– Trouxe para vocês uma caixa de chocolates Purdy – disse ele, e a estendeu para nós. – Tem de baunilha e caramelo.

O sabor baunilha da Purdy era o meu predileto. Rosie preferia o de caramelo. Obviamente, mamãe havia passado essa preciosa informação a ele. Era uma tentativa descarada de nos conquistar, e me recusei a tocar a caixa. Não que isso importasse, porque Rosie a arrancou da mão dele feito um raio.

– Pode sentar a meu lado pra ver o filme – ela comunicou.

– Falando em filmes – disse Dudley no caminho para a sala –, vocês viram aquele do cara que vivia sentindo dor? Chamava-se *Gladiador*. Sacaram? "Glad e a dor".

Mamãe deu risada. Meu olhar para ele foi petrificante.

– Deixa ver se adivinho. Outra aquisição em brechó? – perguntei, apontando para o suéter medonho. Este tinha um pato na frente.

– Não, foi feito para mim. Gosto dele – a voz dele parecia magoada.

– É muito bonito – disse mamãe acariciando o braço dele. Depois, voltou-se para mim: – Vi sua prova de matemática na mesa do corredor. Tirou C.

Dei de ombros.

– Foi de geometria. Odeio geometria.

– Ora, Violet – intrometeu-se Dudley –, com geometria não se correm riscos.

Mamãe riu de seu trocadilho fraquinho. Eu, não.

– Desculpe, esqueci que não gosta de trocadilhos. Mas tudo bem. Prometo me "cãoportar".

A noite ia custar a passar.

Mamãe tinha alugado *O fantástico sr. Raposo.* O sr. Raposo era dublado por George Clooney, e eu sabia que Phoebe ia achar isso interessante do ponto de vista psicológico.

– Mamãe conheceu George Clooney – anunciei ao ouvir sua voz característica na televisão.

– Sério? Conheceu George Clooney? – perguntou Dudley, claramente impressionado.

– Conheci muitos atores quando trabalhava no ramo – respondeu mamãe. – Mas George foi o mais simpático de todos. E o mais sexy.

– Ele disse que esperava que os caminhos deles se cruzassem de novo – acrescentei.

– George Clooney tem bom gosto.

Depois de dizer isso, Dudley tascou um selinho na mamãe, bem na nossa frente. Precisei me controlar para não vomitar.

– Aliás, vivem me dizendo que eu podia ser irmão gêmeo dele – o Salsichão brincou, esticando o queixo inexistente e abrindo um sorriso melado.

Mamãe riu alto e Rosie a acompanhou, mesmo sem entender onde estava a graça.

– Nem sonhando – falei baixinho.

Durante todo o filme, Dudley ficou sentado no sofá vermelho, ladeado por mamãe e Rosie. Eu me sentei o mais longe possível, no sofá dourado, muito embora mal conseguisse ver a tela da TV. O filme era bom, mas eu não conseguia me concentrar porque, com o canto dos olhos, via minha mãe *e* minha irmã encostadas em Dudley. Ele segurou a mão de mamãe praticamente o tempo todo, como um adolescente apaixonado. Sinceramente, aquilo era uma *eca*!

Depois do filme, mamãe pegou um jogo, mas eu não quis jogar. Estava enjoada. Mamãe disse que era por causa dos oito chocolates que havia comido. Sabia que não era isso.

Fui pro meu quarto enquanto os três jogavam. Li um dos livros da série Cherub, invejando James e sua irmã Lauren que, além de serem espiões, também eram órfãos. Depois de um tempo, mamãe trouxe Rosie para a cama. Eu a ajudei a pôr a fralda nela e Rosie adormeceu quase imediatamente. Pus meu pijama e fiquei acordada o quanto aguentei, esperando ouvir Dudley ir embora. Pensei ter ouvido a porta abrir e fechar por volta de meia-noite, pouco antes de cair num sono profundo.

Acordei lá pelas três da manhã com a maior dor de estômago. Soltei um arroto com um gosto ácido e de baunilha, uma combinação péssima.

Saí da cama aos trambolhões e corri para o banheiro no fim do corredor. Meus olhos estavam só entreabertos, por isso vi apenas no último segundo. Ele vinha do outro lado, também em direção ao banheiro.

Dudley. *Pelado*.

Quer dizer, quase pelado – estava de cueca, *graças a Deus*.

Eu gritei.

Ele gritou.

Eu tentei não olhar. Juro que tentei, mas aquela pele branca ofuscante estava bem na minha frente e não dava pra deixar de notar os peitinhos dele, a barriga flácida e as pernas peludas, magrelas demais para o resto do corpo.

Mamãe saiu correndo do quarto, enrolada num robe.

– Puxa, Violet, desculpe. Devia ter avisado que Dudley ia dormir aqui.

– Violet, eu... eu... – gaguejou Dudley.

Não queria ouvir mais nada. Passei pelos dois e entrei no banheiro, trancando a porta.

Depois me pus a vomitar cada pedacinho de chocolate de baunilha que eu tinha comido.

Graças ao severo trauma sofrido, não consegui dormir de novo antes das cinco da manhã. Quando enfim acordei, já eram umas 11 horas.

Tirei o pijama e pus a mesma roupa da véspera. Não tinha vontade de descer. Mesmo sabendo que o Salsichão provavelmente já tivesse ido embora havia tempos, sabia que ia ouvir um dos sermões de mamãe.

Estava metade certa. Quando desci, encontrei Rosie na sala, sentada no colo de Dudley, enquanto ele lia um de seus livros prediletos. Não consegui olhar pra ele.

– Cadê a mamãe?

– Está tomando banho – respondeu Dudley, e corou.

Ótimo, pensei. *Você devia se envergonhar! E também devia comprar cuecas novas e entrar pra uma academia!*

– Rosie, cadê a mamãe? – perguntei, ignorando Dudley.

– O Dudley já disse. Ela está tomando banho – depois o olhou em adoração: – Continua lendo.

– Depois ele lê, Rosie. Vamos até a padaria comprar umas coisas gostosas.

– Chegou tarde. Eu e Dudley já fomos.

Senti um baque por dentro.

– Mas sou eu que sempre vou com você.

– Você estava dormindo – Rosie respondeu com simplicidade.

– Trouxemos um pão doce bem grande. E Ingrid fez salada de frutas. Vou fazer um prato pra você – falou Dudley, prestes a se levantar.

– Não estou com fome.

Apesar de dizer isso, minha barriga roncava tanto que até eles podiam ouvir.

– Queria dizer... – Dudley continuou, e por um instante tenebroso achei que fosse mencionar os eventos traumatizantes da noite anterior. – Bem... que, se precisar de ajuda com matemática, sou quase um gênio.

Meu olhar para ele lançava chispas, o que o fez calar a boca. Mamãe entrou na sala logo depois, já vestida, o cabelo molhado.

– Que bom, já acordou. Venha comigo até a cozinha, sim?

Suspiro.

Fui marchando atrás dela. Mamãe se serviu de uma xícara de café. Encostei na bancada.

– Quero me desculpar de novo, Violet. Devia ter contado que Dudley ia ficar.

– É, devia mesmo.

– A verdade é que também foi uma surpresa para nós.

– Tá certo. Que não aconteça de novo! – falei.

Pausa.

– Não posso prometer isso...

De repente, um som reverberou pela casa – um som que não ouvia fazia mais de um ano.

– A campainha está funcionando – disse.

– Dudley a consertou de manhã – informou mamãe, toda sorridente.

De onde estava, podia ver Dudley abrindo a porta. *Nossa* porta. Era um cara do Greenpeace e Dudley começou a conversar com ele sobre a mudança climática. Rosie se aproximou. Encostou-se em Dudley e envolveu a perna dele com seus bracinhos, como se temesse que fosse embora e não voltasse mais.

– Ele também vai consertar a máquina de lavar – continuou mamãe. – Parece que ela só precisa de uma peça de nome complicado. Nós não precisaremos mais lavar a roupa na Phoebe.

– *Nós*?

– Você me entendeu.

– Ninguém pediu pra consertar a campainha.

Mamãe respirou fundo.

– Tem razão. Ele fez isso enquanto eu preparava o café.

– Devia ter pedido licença.

– Violet...

– A campainha não é dele! É nossa!

Senti lágrimas nos olhos e me odiei por isso. Saí correndo da cozinha, passando por Dudley, Rosie e o cara do Greenpeace.

– Você está sem sapato! – gritou Rosie.

Eu não ligava. Estava tudo negro à minha frente. Tive vontade de socar alguém ou alguma coisa. Tive vontade de berrar com todas as minhas forças.

Na casa de Phoebe, Günter abriu a porta. Eu estava só de camiseta, e descalça.

– Vou pegar um chinelo pra você – foi tudo o que ele disse ao me puxar para dentro.

– Você viu ele *pelado*?

– Totalmente, não. Graças a Deus. Só de cueca.

Estávamos no quarto de Phoebe. Günter tinha me trazido uma tigela de mingau, e eu a devorei.

– Que tipo?

– Samba-canção, bem antiga. Sobrava no bumbum – estremeci com a lembrança. – Vai ver ele também compra cueca de segunda mão.

– Então eles devem ter feito *aquilo*...

– *Dããã*...

Tomei o restinho do mingau.

– Sabe o mais esquisito? *Aquilo* não me incomoda tanto quanto a campainha. Foi isso que me deixou louca.

– Porque o problema não é a campainha – esclareceu Phoebe. – É o que ela representa. Se seu pai ainda morasse com vocês, *ele* teria consertado, não é? Esse tipo de coisa era o território dele, do homem da casa.

– É, acho que sim.

– Então. Consertando a campainha, Dudley está agindo como se *ele* fosse o homem da casa. Parece estar treinando para ser o substituto de seu pai.

Gemi. Era pior do que pensava.

– E mamãe e Rosie estão entrando na dele.

– Você não gosta mesmo dele, hein?

– Tem alguma coisa nele, Phoebe. Está sempre fazendo piadinhas... mas parece que, por trás disso, tem algo obscuro.

Phoebe pensou um pouco.

– Está certo. Vamos fazer o seguinte. Número um, mais trabalho de detetive. E, número dois – ela tirou o laptop que estava embaixo de uma pilha de meias sujas no chão –, você precisa escrever outra carta pro George Clooney. E aproveita para escrever uma pro agente dele.

Olha o que eu escrevi:

CARTA 1

Caro senhor,

Enviei a seu cliente, George Clooney, uma carta há poucas semanas. Ontem recebi uma carta-padrão em resposta. Não vou mentir, isso me magoou.

Também me fez suspeitar de que o senhor não entrega a ele a correspondência. Tenho certeza de que, se George tivesse lido minha carta, ele teria respondido. Não negue. Estou sacando qual é a sua.

George merece ler as cartas endereçadas a ele. Ele não é criança. Lembre-se: você trabalha para George; não é George quem trabalha para o senhor.

Estou anexando uma cópia da carta que enviei em 19 de janeiro na esperança de que agora o senhor faça o que é certo e entregue minha carta ao homem a quem foi endereçada.

Agradeço antecipadamente,

Violet Gustafson

CARTA 2

Caro sr. Clooney,

Olá de novo. Sou eu, Violet Gustafson, filha de Ingrid. Espero que desta vez você possa ler esta; que seu agente tenha feito o que é certo e lhe entregado a carta que lhe mandei quase um mês atrás (estou anexando uma cópia, por via das dúvidas). Devia conversar com ele, George. Não tenho provas concretas, mas estou quase certa de que ele lê sua correspondência e nem lhe dá a chance de vê-la. Talvez esteja na hora de trocar de agente.

(Agente de George: se estiver lendo isso, *pare*. Olhe-se no espelho e *faça a coisa certa*.)

Bom, George, por favor, leia minha carta. Se detectar um tom de urgência, acertou. Sabe, quando escrevi a primeira vez, minha mãe tinha acabado de começar a namorar um cara chamado Dudley Wiener (sim, é o nome verdadeiro dele). Nem me preocupei em mencioná-lo, pra ser sincera, porque achei que agora ele já seria um dinossauro, ou seja, história antiga.

Mas não é, George. Um mês depois e ele continua firme no pedaço. Acredite quando digo que ela merece coisa melhor. Por isso, por favor, não espere um minuto sequer. Responda-me o quanto antes.

Aguardo, ansiosa e agradecida,

Violet Gustafson

Phoebe e eu imprimimos as cartas e as colocamos em envelopes separados. Fomos até a esquina e colocamos as cartas na caixa do correio. Depois voltamos à casa dela para comer pão com queijo cremoso e bolar a estratégia da próxima tocaia.

QUANDO: Próximo sábado.
ONDE: Casa do Dudley.
OBJETIVO: Se o Salsichão tiver algum segredo, vamos descobrir.

– Você tem razão. Trabalho de detetive é uma chatice.

Foi isso que Jean-Paul me disse no sábado de manhã. Estávamos agachados atrás da banca de jornal na Principal com a Décima Primeira. Phoebe foi novamente à Cia. Privada do outro lado da rua.

Isso mesmo. Jean-Paul estava com a gente. Mal podia acreditar.

O que aconteceu foi o seguinte: ele finalmente tinha aparecido na escola na terça-feira. Quando Phoebe e eu passamos pelo armário dele, falei, tentando parecer casual:

– Ah, oi, Jean-Paul. Por onde andou?

– Meu pai veio de Winnipeg para um fim de semana prolongado.

– E como foi?

– Legal. Jogamos hóquei todos os dias. E ele me levou à Ray & Jerry's, uma churrascaria da hora. Minha mãe raramente faz carne vermelha, então me empanturrei.

– Deve ter sido mesmo legal – concordei. Já estava me afastando, mas Phoebe agarrou meu braço, obrigando-me a ficar.

– Vamos fazer outra tocaia no sábado – ela lhe contou.

– Legal. Posso ir?

– Não vai ser muito interessante – tentei explicar.

– Claro que pode ir – arrematou Phoebe.

Jean-Paul sorriu.

– Falou. Vocês me passam os detalhes depois. A gente se vê na classe.

E ele foi embora. Phoebe me olhou e balançou a cabeça.

– Sinceramente, Violet. O que seria de você sem mim?

– Sempre me faço essa pergunta.

Phoebe, Jean-Paul e eu nos encontramos às 9:00 horas em ponto na esquina da rua Principal com a Rei Eduardo. Primeiro fomos ao apartamento do Salsichão, que não era longe da loja. Na sexta-feira tinha me dado conta de que não sabia onde ele morava e quebrei a cabeça para descobrir como perguntar o endereço a mamãe sem levantar suspeitas. Mas, como de costume, Phoebe salvou o dia: ela procurou na internet. Não nos surpreendeu ser ele o único D. Wiener na lista.

O prédio onde Dudley morava era meio decadente. O apartamento dele era no segundo andar e as janelas estavam sujas. Pelo binóculo deu pra ver pouca coisa: estantes atulhadas de livros; um sofá com estampa floral – escolha esquisita para um homem; um aquário grande; e uma samambaia moribunda. Tentei entrar de fininho atrás de uma velhinha, mas ela me olhou feio e bateu o portão na minha cara. Vinte minutos depois, Dudley saiu, vestido para trabalhar. Nós o seguimos, ficando uma quadra atrás dele. Além de comprar um *muffin* e um café, ele não fez outra parada até a loja. Phoebe esperou uns bons dez minutos, depois que ele mudou o aviso de "fechado" para "aberto", para atravessar a rua.

– Que gorro diferente – Jean-Paul me disse.

– Vou fingir que é um elogio – respondi. Eu estava usando o gorro de *beagle* que Amanda me dera no Natal.

– Mas veja quem está falando – continuei. – Você está vestido pra uma tocaia na Sibéria – ele riu.

– Tem razão! É assim que nos vestimos no inverno de Winnipeg.

Ele vestia um casaco reforçado com um capuz forrado de pele falsa. Quando levantava o capuz, ficava sem visão periférica. Nos pés, calçava um par de botas de inverno.

– Pelo menos estou aquecido. E você?

– Estou bem.

Mentira. Era um dia frio e úmido de março, e, apesar de estar com dois casacos de lã embaixo da capa e meia-calça sob o jeans, eu tremia.

– Seu nariz está vermelho – Jean-Paul disse. Tirou uma das luvas e encostou um dedo na ponta do meu nariz. – E está gelado.

Contato corporal. Senti um formigamento pelo corpo todo. O monólogo que preenchia minha cabeça era ensurdecedor.

– *A hora é esta. É sua chance de convidá-lo para o baile.*

– *Mas eu não quero ir ao baile! Não acredito nessas coisas!*

– *Mentirosa! Você está apaixonadinha por ele!*

– *Mentirosa é você. Não estou apaixonada. O amor é...*

– *Só problema, blá-blá-blá. Cala a boca e convida o cara!*

Sinceramente, não era agradável. Mas não conseguia controlar.

Abri minha boca para responder, mas vi ele limpar a mão no jeans antes de colocar a luva de novo, e o monólogo interno recomeçou.

– *Ai, Deus. Meu nariz está escorrendo? Será que o dedo dele ficou molhado? Que nojo! Não posso convidá-lo para dançar logo depois de ele ter encostado na minha meleca!*

Enquanto minha voz íntima continuava a me atormentar, Phoebe chegou.

– Nada interessante. Sinto muito – disse, tirando um sanduíche da minha mochila.

Tínhamos dito a nossos pais que iríamos fazer um trabalho na biblioteca, por isso a mochila estava cheia de livros e alguns lanches para despistar.

– Vou entrar lá – anunciou Jean-Paul.

Então ele fez uma coisa maravilhosa. Tirou o casaco e o colocou sobre meus ombros.

– Toma, use enquanto fico lá dentro. Vai te aquecer rapidinho.

Ajeitei melhor o casaco pra sentir o cheiro dele.

– E aí? – Phoebe quis saber. – Já o convidou para o baile?

Balancei a cabeça em negativa. Phoebe tinha convidado Andrew na véspera e ele havia dito sim.

– Mas o baile é na quarta-feira, Violet.

– Eu sei, eu sei. Eu tentei. Mas estou num conflito...

– Fala sério, Violet. Isso está cansando. Está na cara que você gosta dele. Então, manda ver! Dá uma chance pro romance. Faça como no anúncio da Nike: "Just do it".

– Tá bom, chega.

Phoebe e eu comemos mais sanduíches enquanto esperávamos Jean-Paul. O casaco dele era um luxo de quente. Em dez minutos, estava torrando. Depois de vinte minutos, queria tirar um cochilo.

Estava dando o maior bocejo quando vimos Jean-Paul sair da loja. Ele atravessou a rua e passou por nós, fazendo sinal para irmos atrás dele. Dobrou a esquina. Apanhamos nossas tralhas e, após verificar se Dudley não estava olhando pela vitrine, nos juntamos a Jean-Paul.

– Vocês não vão acreditar – ele contou. – Entrei e comecei a xeretar. Ele lembrava de mim; perguntou se minha mãe tinha gostado do sabonete. Daí o telefone tocou. Ele foi atender atrás do balcão. Devia ser alguém conhecido.

– Homem ou mulher?

– Não sei. Mas ouvi quando ele falou: "Hoje à noite não posso. Já tenho planos".

– Isso mesmo – respondi. – Ele vai jantar em casa. Mamãe acha que está na hora de Dudley conhecer os amigos dela.

– Então a pessoa deve ter perguntado sobre domingo, porque ele disse: "Domingo também não dá. Vou ver minha esposa".

A frase "ver minha esposa" pode significar um monte de coisas – raciocinou Phoebe enquanto caminhávamos pela rua.

– Ela pode estar no hospital – sugeriu Jean-Paul. – Ou numa instituição mental.

– Ou podem estar separados mas voltando a acertar os ponteiros – continuou Phoebe.

– Ou podem estar casados e ele vai pegá-la no aeroporto – falei. – Seja como for, não é bom.

– Tem razão, Violet – concordou Phoebe. – Você achava que ele tinha um segredo, e tem mesmo.

Deveria me sentir triunfante, mas, pra dizer a verdade, fiquei meio pra baixo. *Como minha mãe reagirá ao descobrir que Dudley é mais um na fileira de cretinos?*

Chegamos à rua de Jean-Paul e ficamos parados na calçada sob o chuvisco de inverno.

– O que vai fazer? – ele perguntou.

Phoebe e eu nos entreolhamos.

– Bom, ele vai jantar em casa hoje – respondi.

– Cuidado – alertou Phoebe. – Lembre-se de Jonathan.

– Jonathan teve o que merecia.

– Só estou dizendo pra não fazer escândalo – ponderou Phoebe. – Seja mais sutil.

Assenti com a cabeça.

– Sei ser sutil.

Três horas depois, nossa casa começou a se encher de convidados. A primeira pessoa a chegar foi o Salsichão. Usava o horroroso suéter de pato, de novo.

Ele entregou uma garrafa de vinho a mamãe.

– Feito em casa – afirmou ele, como se isso fosse bom. Depois, para mim e Rosie, deu umas garrafinhas com um treco rosado.

– É creme de menta. "Mentalize" o quanto é bom.

– Dudley, você é um palhaço – riu mamãe.

Joguei a minha na mesa.

– Violet, não vai apresentar Phoebe? – perguntou minha mãe.

– Ah, claro. Esta é Phoebe, minha melhor amiga.

Indiquei Phoebe, que estava parada na entrada da sala.

– Muito prazer – disse ela.

Dudley apertou sua mão e falou:

– Você me parece familiar. Não esteve em minha loja hoje? Cia. Privada, rua Principal?

Mamãe lançou um olhar a nós duas.

– Estava estudando – mentiu Phoebe. – Deve ter sido minha gêmea má.

A campainha tocou, salvando-nos de maiores perguntas. Cathy e Günter estavam na varanda.

– A campainha está funcionando – exclamou Cathy ao entrar.

Atrás deles, Amanda e Cosmo iam chegando. Estavam de mãos dadas e rindo, sem parecer de maneira alguma um casal com problemas. Karen apareceu logo depois equilibrando-se no salto alto.

O *hall* de entrada estava cheio de gente tirando casacos e entregando pratos de comida e garrafas de vinho. Mamãe apresentou Dudley a todo mundo e não houve quem não fingisse que não o examinava dos pés à cabeça. Notei que gotas de suor se formavam na testa dele e quase senti pena do cara.

Até que lembrei da *esposa*.

– Oi, Violet – disse Karen, abrindo caminho para a sala. – Você conhece uma tal de Ashley Anderson?

Olhei pra Phoebe.

– Ela é da minha classe. Por quê?

– Recebi uma solicitação de amizade dela no Facebook. Temos uma amiga em comum: você.

Eca! Era meio aterrorizante saber que Ashley podia ver minha lista de amigos. *E por que ela quer ficar "amiga" de um deles sem nem os conhecer?*

– Você não aceitou.

– Claro que aceitei.

– Mas nem a conhece!

– E daí? Ultrapassei a marca dos trezentos. Agora minha meta são quatrocentos amigos! Além do mais, que mal tem?

Balancei a cabeça. Karen era uma idiota. Mas, por outro lado, tinha razão: que mal havia?

Depois que os adultos tomaram o aperitivo, Dudley ajudou mamãe a arrumar a mesa do jantar. Phoebe, Rosie e eu trouxemos cadeiras extras do porão. Logo estávamos todos sentados ao redor da mesa comendo o frango ao limão de mamãe, a salada Caesar de Amanda, os legumes assados de Günter e o pão de Karen, que fora comprado pronto. Os adultos, menos Cosmo, tomaram bastante vinho. Phoebe e eu nos chutávamos embaixo da mesa quando víamos as *tatoos* de Cosmo se mexerem no bíceps dele enquanto comia.

– Ingrid, este frango está uma "pena" de leve – comentou Dudley.

Alguns adultos soltaram um resmungo. *Viu?*, quis gritar. *É isso que tenho de aturar.*

– Dudley adora trocadilhos – explicou minha mãe.

– E a salada "césar" de Amanda é coisa de "rei" – replicou Cosmo com um sorrisinho.

– Os legumes estão um estouro – acrescentou Cathy. – Estou "huumpressionada".

Traidores, pensei.

Cosmo passou a dar leves batidas com a faca em seu copo de água.

– Já que estamos todos reunidos, Amanda e eu temos uma notícia.

A mesa ficou em silêncio.

– Pedi Amanda em casamento.

– E eu aceitei – completou ela.

A sala explodiu em aplausos espontâneos. Rosie deu um pulo e subiu no colo de Amanda para beijar o rosto dela, depois beijou Cosmo, e todos riram.

Eu fiquei muito feliz. Senti lágrimas subindo aos olhos. E, com a mesma rapidez, fui atingida por uma onda de ansiedade. *E se não desse certo?*

– Ingrid, quero que seja minha madrinha.

– Com certeza.

– Karen, aceita ser uma das damas?

Karen deu de ombros.

– É a história da minha vida. Sempre a dama de honra, nunca a noiva – depois ela tocou o braço de Amanda e completou: – Adoraria.

– Quem vai ser seu padrinho? – Phoebe perguntou a Cosmo.

– Um garoto chamado Ambrose. Ele é meu vizinho e foi por causa dele que Amanda e eu nos conhecemos.

– Lembra que eu contei que Cosmo cancelou um compromisso comigo? Ele foi escolher um anel com a mãe dele – disse Amanda. – E quando ele parecia querer me dizer alguma coisa...

– Estava juntando coragem para fazer o pedido. Ia ficar arrasado se ela dissesse não – ele respondeu.

Karen suspirou e engoliu o resto do vinho.

– Onde acho um cara como você, Cosmo? Ou como você, Dudley; ou como você, Günter?

– Não nos lugares que frequenta, com certeza – disse mamãe, e todos riram, inclusive Karen.

Não conseguia desviar os olhos de Amanda e Cosmo. Pareciam tremendamente felizes; meu coração chegou a doer. E eu pensei que mamãe e papai provavelmente haviam ficado felizes assim quando tinham decidido se amarrar.

– Se pensar bem, é engraçado – eu me ouvi dizer. – Vocês dois *vão* se casar. Minha mãe *foi* casada. Dudley *é* casado.

Silêncio mortal. Phoebe chutou meu tornozelo. Com força.

– O que está dizendo? – perguntou minha mãe.

– Um amigo meu estava na sua loja hoje – anunciei, olhando diretamente para Dudley. – Ele ouviu sua conversa ao telefone. Você disse que amanhã vai visitar sua esposa.

Dudley baixou o garfo. Minha mãe pôs a cabeça entre as mãos.

– Violet – ela disse –, vou com ele amanhã. E já fui antes.

Minha cabeça começou a girar.

– Conhece a esposa dele? Está tendo um *caso* com um homem casado? Não aprendeu a lição com o Larry Sobrancelha Única?

– Minha esposa está morta, Violet – disse Dudley com voz mansa. – Eu visito o túmulo dela uma vez por mês.

Silêncio mortal!

Amanda enfim rompeu o silêncio.

– Sinto muito, Dudley.

– É, cara, que dureza – acrescentou Cosmo.

– Importa-se de nos contar como foi? – perguntou Karen.

– Imagine. Foi câncer de ovário. Ela morreu há cinco anos.

Rosie saiu do colo de Amanda e deu a volta pra se pendurar em Dudley.

– Que triste – ela disse acariciando o rosto dele.

– É, sim.

Ele parecia prestes a chorar. Mamãe apoiou a mão no ombro dele.

– Ela também tricotava, sabe – contou para Amanda. – Ela tricotou quase todos os meus suéteres, inclusive este que estou usando. É o meu favorito.

Que ótimo.

Ninguém olhava pra mim, exceto Phoebe, que estava à minha esquerda.

– Sutil como uma manada de elefantes – ela murmurou.

Esperei que minha mãe gritasse comigo e me mandasse pro quarto. Mas ela não fez isso. Nem me olhou.

– Voltemos às boas-novas. Quero fazer um brinde a Amanda e Cosmo. Vocês formam um lindo casal e desejo a vocês muita felicidade – ela ergueu a taça de vinho.

– Saúde! – gritaram todos.

Fiquei imóvel na cadeira. Quando as pessoas levantaram para tirar os pratos, saí de fininho para o meu quarto.

Eu meio que esperava que mamãe me seguisse e me passasse o maior sermão, mas não. A única que subiu foi Phoebe. Ela bateu à porta minutos depois e me deu um pedaço de bolo.

– Aquela era sua ideia de sutileza?

Enfiei o dedo na cobertura. Phoebe sentou na cama de Rosie.

– Violet, preciso dizer uma coisa, e provavelmente você não vai gostar.

– Então não diga.

– Não quer que sua mãe seja feliz?

– *Dããã.*

– Bem, talvez Dudley a faça feliz. Isto é, agora que vi os dois juntos... Ele não é um mau sujeito. É calmo. Engraçado, de um modo meio antiquado. E é quase bonito, se olhar direito...

Tapei os ouvidos com as mãos. *Lá-lá-lá-lá-lá...*

Phoebe ficou me encarando até que eu parasse.

– Tão madura... Só estou sendo direta, Violet.

– Pois não seja.

Sentia as lágrimas enchendo meus olhos.

– Era pra você ser minha melhor amiga.

– Eu *sou* sua melhor amiga. Prefere que eu seja como Lauren e só fale o que você quer escutar?

– No momento, sim! Seus pais estão juntos. E felizes. Não imagina como é.

– Eu sei como é. Ouço isso de você todo dia!

– Desculpe se incomodo. Não falo mais.

– Agora está bancando a idiota.

– Me deixa em paz.

– Violet...

– Sério. Vá embora.

Phoebe me encarou por alguns instantes. Depois marchou pra fora do quarto e bateu a porta.

Jamais havia brigado com Phoebe.

Depois que ela saiu, eu me tranquei no banheiro e arrumei todas as peças no gabinete da pia, da menor à maior. Em seguida, chorei um pouco. Aí voltei ao quarto, deitei e dormi um sono profundo e sem sonhos.

Estava tudo quieto quando acordei às dez horas da manhã seguinte. Rosie não estava na cama dela. Acabei me forçando a levantar e desci pé ante pé até a cozinha.

A casa estava vazia. Por instantes, senti um pânico imenso e uma porção de pensamentos irracionais passou pela minha cabeça: alienígenas tinham levado mamãe e Rosie no meio da noite; Dudley era um *serial killer* e as tinha assassinado e escondido os corpos em algum lugar; ou então – e de certa maneira esse foi o pior de todos os pensamentos – elas tinham se enchido de mim, feito as malas e ido embora pra reconstruir a vida em outro lugar qualquer.

Antes de ser invadida totalmente pelo terror, achei um bilhete na mesa da cozinha.

"Fui ao cemitério com Rosie e Dudley. Talvez vá a um bazar depois. Volto no fim da tarde. Estou com o celular. Te amo, mamãe."

Esse "te amo" me encheu de alívio.

Comi uma tigela de cereais, depois organizei toda a comida no armário segundo o grupo alimentar. Em seguida, subi e lavei o cabelo, duas vezes.

Não sabia o que fazer. Normalmente ligaria pra Phoebe e recapitularíamos a noite nos mínimos detalhes, mas pela primeira vez em sete anos não estávamos nos falando.

Passei a tarde no quarto, lendo *The pigman* [O criador de porcos] e comendo salgadinhos de um pacotão enorme.

Lá pelas três horas ouvi um carro parando. Não precisei olhar pela janela pra saber que era o Balde Enferrujado, porque o escapamento ainda estava quebrado e dava para ouvir o barulho a um quilômetro de distância.

Eu me preparei pra um sermão. E, claro, dois minutos depois, ouvi uma batida à minha porta. Não respondi. Mas sabia que a porta seria aberta, como aconteceu.

Só que não era mamãe. Era Dudley.

– Posso entrar?

Pensei: *Não.*

– É um país livre – respondi.

Dudley se encarapitou na cama de Rosie. Ele tinha de ficar meio abaixado ou a cabeça dele batia no teto inclinado.

– Só quero dizer que não estou bravo por causa de ontem. Ou pelo fato de você me espionar. Sabia que já tinha visto sua amiga Phoebe.

Silêncio.

– Mas a sua mãe... ela está zangada. Então pedi pra vir conversar com você.

Ele juntou as mãos.

– Eu admiro muito você, Violet. Sei que só está tentando proteger sua mãe e sua irmã. Mas também quero que saiba que gosto muito de Ingrid. E, enquanto ela me aceitar, pretendo ficar por perto. Por isso, espero que você e eu possamos fazer uma trégua.

Ele estendeu a mão. Demorei uns segundos pra entender que ele esperava que eu a apertasse. Em vez disso, peguei minha Bola 8 Mágica e a sacudi.

– Não conte com isso.

Os ombros dele caíram. Ele levantou, esquecendo o teto inclinado, bateu a cabeça e saiu.

Não queria descer e sobrevivi o resto da tarde e a noite com os salgadinhos e água da torneira. Essa combinação causou um surto de gases bem fedidos.

Quando ouvi mamãe subindo a escada para pôr Rosie na cama, apaguei a luz e fingi dormir.

– Ela não está dormindo de verdade – ouvi Rosie cochichar. – Ela está fingindo.

– É até bom – mamãe respondeu, sem se preocupar em falar baixo. – Porque, se *estivesse* acordada, teria que matá-la.

Legal.

– Mas não de verdade, né, mamãe?

– Não. Boa-noite, Rosie.

Eu a ouvi dar um beijo em Rosie. E, para minha surpresa, senti os lábios dela na minha testa.

– Boa-noite, Violet.

Rosie estava muito satisfeita consigo mesma quando fomos para a escola na segunda-feira.

– Minha fralda estava seca *de novo* hoje de manhã! São três manhãs seguidas.

– Que bom, Rosie – resmunguei.

Passávamos pela casa de Phoebe.

– Não vamos pegar Phoebe? – perguntou Rosie.

– Hoje não.

– O papai ligou ontem de manhã – Rosie me informou. – Ele me disse que ainda dá pra arranjar passagens para o feriado de março. É só você pedir desculpas.

Não respondi.

Assim que deixei Rosie no jardim de infância, subi a escada bem devagar. Jean-Paul estava na frente do armário dele. Parei no bebedouro e tomei água, tentando focar meus pensamentos. O baile Sadie Hawkins seria em dois dias. E Phoebe tinha razão: *queria* ir com ele, por mais que negasse.

– Oi, *Pamplemousse*.

Dei um salto, quase perdendo um dente no bebedouro.

– Como foram as coisas no sábado?

– Horríveis – confessei. – A mulher do Dudley morreu há cinco anos. Ele ia visitá-la no cemitério.

Ele franziu o cenho.

– Que péssimo. Não tinha pensado nisso.

– Nem eu.

Não dissemos nada por alguns momentos. E então, no que parecia ser a história da minha vida, pus tudo pra fora.

– O lance do baile é nesta quarta. Eu pensei... Talvez... se não for fazer nada... podíamos ir. Juntos.

As palavras pareceram pairar no ar entre nós.

– Uau! – ele acabou dizendo. – Acontece que... Ashley me ligou ontem e me convidou. Eu achei... quer dizer, não sabia que você ia e disse sim.

Oh.

– Sinto muito, *Pamplemousse.*

Tentei sorrir.

– Tudo bem. Não queria mesmo ir. Odeio bailes. É o sinal? Preciso correr.

Saí voando para a classe. *Tudo bem*, pensei, *pelo menos o dia não pode piorar.*

Estava completamente enganada.

Quando cheguei perto da minha sala, ouvi umas risadinhas, o que não era comum. Normalmente, nada era motivo de riso na escola numa segunda de manhã.

Um bando de meninas estava em volta do único terminal de computador que havia na sala. Ashley estava no meio, mostrando alguma coisa na tela.

– Minha nossa! – ouvi uma garota exclamar.

– Ui! – disse Claudia.

Lauren se virou, dando as costas para a tela. Nossos olhos se encontraram. Ela deu um sorrisinho e bateu no ombro de Ashley, que se voltou para mim.

– Violet, coitadinha! – ela falou, a voz melada de falsa preocupação. – Você viu essas fotos no Facebook? A amiga de sua mãe, Karen, postou no fim de semana.

Eu me senti andando em câmera lenta em direção ao computador. Olhei para a tela.

As fotos tinham quase um ano. Em uma delas, mamãe e Karen estavam de miniblusa, barriga de fora, bebendo naqueles copinhos de dose. Em outra, bebiam abraçadas a dois caras. Reconheci o cara que estava com minha mãe. Era Carl, o alcoólico.

Mas a pior foto mostrava minha mãe debruçada sobre Carl para beijá-lo. A parte de cima da calcinha vermelha, tipo tanga, estava claramente visível no jeans de cintura baixa.

Foi como se estivesse embaixo d'água. Via a cara de minhas colegas – algumas rindo, outras com pena de mim –, mas não ouvia nada. Jean-Paul estava parado à porta. Phoebe não estava em parte alguma.

Virei-me e encarei Ashley. De repente, voltei à superfície e ouvi a gargalhada dela.

– Coitadinha! Aliás, dependentemente das fotos...

– Independentemente – retruquei baixinho.

– Quê?

– É *independentemente*. *Dependentemente* não faz sentido. – Aí falei mais alto: – Qualquer débil mental sabe disso.

O semblante dela endureceu.

– *Dependentemente* dessas fotos, Panqueca – ela falou com uma voz gelada –, sua mãe é a maior vadia.

Nunca tinha dado um soco na minha vida. Mas acho que pra tudo tem uma primeira vez.

Só para constar: eu não pretendia quebrar o nariz da Coisa Um.

Pretendia, sim, bater nela, mas não tive a *intenção* de quebrar nada. Não que essa diferença sutil importasse para o sr. Patil. Quando ele entrou na sala, viu Ashley segurando o nariz, o sangue escorrendo pelas mãos dela e eu esfregando os nós dos dedos doloridos. Ele me levou para a sala da diretora. E, como não queria contar para ela sobre as fotos de minha mãe, assumi toda a culpa.

– O senhor Patil vai acompanhá-la ao armário para você pegar suas coisas – informou a sra. Marlatt. – Está suspensa pelo resto da semana.

Dito isso, ela pegou o telefone para ligar pra minha mãe no trabalho.

Mamãe me pegou no Balde Enferrujado vinte minutos depois. Estava brava, mas não disse nada, o que devia ser bom, porque não teria ouvido uma só palavra devido ao barulho do escapamento. Quando chegamos em casa, o sr. e a sra. Bright estavam no jardim, começando a cuidar das plantas para a primavera. Encararam mamãe.

– Precisa consertar esse escapamento! – gritou o sr. Bright.

– E você precisa deixar de se meter na minha vida! – devolveu mamãe, marchando escada acima e entrando em casa.

Assim que passamos pela porta, ela caiu em cima de mim.

– Suspensa! E pelo resto da semana!

Jogou as chaves em cima do aparador do *hall*.

– O que deu em você ultimamente, Violet? Não te reconheço mais! Está agressiva e grosseira... Espiona meu namorado... Quebra o nariz de uma menina! O que você tem?

– O que *eu* tenho? O que *você* tem? – gritei pra ela. – Sabe por que dei um soco nela, mamãe? Porque ela te chamou de vadia, foi por isso!

Mamãe me olhou totalmente atônita.

– Que conversa é essa?

– A idiota da Karen postou um monte de fotos cretinas na droga do Facebook. Você aparece bebendo. Beijando o Carl. Mostrando a calcinha!

A cor fugiu do rosto de minha mãe.

– Não acredito que Karen tenha postado essas fotos!

– Não acredito que *você* esteja nessas fotos!

– Essas fotos... parece que foram tiradas há séculos. Foi um período horrível pra mim, Violet. Estava deprimida. Me sentia um lixo. Fiz escolhas realmente tolas.

– Desde que papai foi embora você se tornou uma pessoa totalmente diferente. Se veste como adolescente. Namora tudo que é cara ruim. Deixa pra *eu* fazer tudo o que você fazia: cozinhar, lavar, pôr Rosie na cama...

– Você está certa, Violet. Nada disso tem sido justo pra você. Mas as coisas estão melhorando. Agora que Dudley...

– Ah, por favor, mamãe! Tudo nele é de segunda! Você só está entrando nessa porque está desesperada para ter um homem em sua vida!

Mamãe me olhou como se eu tivesse socado o nariz *dela*.

– Preciso voltar ao trabalho – ela falou devagar. – Vou dar prova para os meus alunos hoje.

Pegou as chaves e foi para a porta.

Já estava prestes a constatar que agora havia conseguido afastar toda e qualquer pessoa que era importante pra mim, quando ela se virou.

– Não ia contar ainda, mas ontem, depois que vocês foram dormir, Dudley me pediu em casamento.

Ela rumou porta afora.

Fiquei parada, pregada no lugar, ouvindo o Balde Enferrujado rosnar enquanto mamãe se afastava.

Sentia-me entorpecida. Subi e preparei um banho escaldante. Me obriguei a entrar na banheira, pegando a última edição da *Entertainment Weekly* no porta-revistas perto da privada. Estava pensando que aquele não era um dos piores dias de minha vida, mas, na verdade, era *o* pior dia de minha vida desde que papai tinha ido embora, quando algo na revista chamou minha atenção.

> O diretor inglês Alfred Billingham iniciou ontem a produção de seu mais novo filme, *Informação privilegiada*, nos estúdios Tantamount. O filme é estrelado por George Clooney.

Estúdios Tantamount. Minha mente começou a trabalhar. *Por que o nome era familiar?* Aí a ficha caiu: Jennica tinha dito que papai estava gravando o piloto nos estúdios Tantamount. George Clooney e meu pai estavam trabalhando no mesmo estúdio!

Saltei para fora da banheira e liguei pro celular de papai ainda pingando.

– Pai? É Violet. Sinto muito ter dado cocô de gato pra Lola e pra Lucy. E quero muito ir a Los Angeles.

– Tiro de canhão! – gritou Rosie antes de lançar o corpinho compacto dentro da piscina. Usava um maiô novinho, um modelo que vinha com a boia ao redor. Era azul-real com golfinhos, presente da Esposa Número Dois logo ao chegarmos, um pouco antes. Lucy e Lola estavam na parte rasa com Jennica, que usava uma tanga que mostrava sua silhueta bronzeada e curvilínea, e com a babá, Anna Maria. As gêmeas davam gritinhos de prazer, e vi que Rosie adorava ser a irmã mais velha camarada, pra variar.

Quanto a mim, estava na espreguiçadeira usando calça cáqui e uma camiseta branca, e protegendo o rosto do sol com os óculos escuros de Jennica e um chapéu de palha molengo. Segurava um livro que tinha trazido, *Outsiders – Vidas sem rumo*, de S. E. Hinton. A ironia do título não me escapou. Mas estava difícil me concentrar na história, porque o suor escorria e parava na base do meu primeiro sutiã. A água parecia estar gostosa, aconchegante e convidativa, mas não ia chegar perto dela hoje.

Minha mãe devia ter dito a meu pai que nós duas precisávamos de maiôs novos, porque Jennica também tinha me dado um. Um biquíni. Com bojos onde supostamente deviam estar meus seios. Experimentei para ser gentil e, ao me olhar no espelho de corpo inteiro que tinha no vestiário ao lado da piscina, me senti o pior desastre na face da terra. A parte de trás sobrava no meu bumbum ossudo e o sutiã ficava meio solto por não ter nada pra segurá-lo. Cutuquei o bojo com o dedo e ficou um buraco côncavo, coisa que seria engraçada se não me desse vontade de chorar.

Como cheguei a pensar que Jean-Paul pudesse se interessar por mim com Ashley dando em cima dele? Ela pode ser uma idiota, mas é uma idiota bonita. Eu, por outro lado, fico dolorosamente na média. Talvez até abaixo da média. Devia ter cumprido minha promessa.

Começava a sentir a maior pena de mim mesma quando Jennica entrou no vestiário sem bater.

– Serviu? – ela perguntou antes de olhar e ver por si mesma. – Ah, não esquenta. Tem um milhão de modelos na loja e sei que vários vão ficar lindos em você.

Deu seu sorriso de estrela, deixando à mostra duas fileiras de dentes brancos e brilhantes.

– Por enquanto pode nadar de calcinha, se quiser. Só tem menina aqui.

Era uma gozação?

– Obrigada, mas estou sentindo uns arrepios – menti.

E aqui estava eu, derretendo sob o calor do sol. Rosie mostrava às gêmeas como era o mergulho dela, que mais parecia uma barrigada.

Levantei e puxei a cadeira para a sombra. Limpei a boca da lata de Coca Diet e a deixei ao lado da espreguiçadeira. Jennica comprava caixas de Coca Diet, e, como mamãe só comprava refrigerante em ocasiões especiais, tomava bastante quando estava ali. Arrotei de leve e tentei retomar a leitura.

Tinham se passado só dois dias desde que eu pedira desculpas a papai pelo telefone, mas, depois disso, as coisas haviam acontecido com rapidez. Primeiro mamãe teve uma longa conversa com papai.

– Ela foi suspensa. A semana toda.

Eu ouvia pelo tubo de ventilação no banheiro, onde estava escovando os dentes.

– Violet socou o nariz de uma menina.

Percebi que ela não mencionara as fotos do Facebook. Houve uma pausa comprida enquanto mamãe ouvia meu pai.

– Não se *atreva* a questionar minha capacidade como mãe, Ian, não se atreva. Qual foi a última vez que você agiu como pai para as suas filhas?

Não consegui evitar... sorri. Adoro quando mamãe dá duro no papai. Não é muito frequente, porque raramente se falam, mas é muito legal quando acontece.

– Você precisa tirá-la de perto de mim uns dias. Não estou conseguindo lidar com ela.

Meu sorriso desapareceu.

Horas depois, mamãe anunciou que Jennica tinha conseguido nos colocar num voo que saía quarta-feira de manhã. Rosie ficou excitadíssima, principalmente porque significava que faltaria três dias na creche. Ficaríamos com eles por dez dias, a visita mais longa até então.

Mamãe e eu mal nos falamos quando ela nos levou ao aeroporto.

– Divirta-se muito – ela recomendou a Rosie, enchendo-a de beijos no portão de embarque. Depois se endireitou e olhou pra mim. – Comporte-se – disse-me, e me deu um beijo rápido na testa.

– O que você respondeu ao Dudley? – perguntei.

Ela franziu os lábios.

– Nada. Ainda não dei resposta.

– Resposta pra quê? – quis saber Rosie.

– Então não responda – pedi. – Até a gente voltar.

Ela apenas nos abraçou.

– Tchau, minhas queridas.

Peguei Rosie pela mão e passamos pelo portão. Três horas depois aterrissamos em Los Angeles.

Desisti do livro e o larguei perto da cadeira. Olhei ao redor, para a piscina, o balanço e a infame caixa de areia. Um muro de pedra cercava o jardim; a altura impedia que víssemos os vizinhos e uma espécie de hera caía das pedras.

A casa deles era bonita. Não consegui evitar que minha mente vagasse e fantasiasse sobre como seria nossa vida se papai não tivesse conhecido Jennica. Talvez tivéssemos nos mudado pra cá e morássemos numa casa com piscina. Provavelmente mamãe teria insistido numa casa um pouco mais modesta, e não teria contratado uma babá nem feito a mesma decoração, nem teria a mesma quantidade de roupas, mas mesmo assim... teríamos uma piscina, e não uma cama elástica enferrujada, e Rosie teria mais brinquedos e não precisaria usar as roupas que não me serviam mais. Talvez eu tivesse um quarto só meu, mamãe teria um carro melhor e nossa casa não estaria caindo aos pedaços.

De repente, uma das gêmeas veio bamboleando até mim. Sabia que era Lucy, porque o maiô dela era verde. Ela pediu colo. Eu a levantei e a abracei. Ela estava molhada, mas gostei, porque estava muito quente.

Lucy não parecia lembrar que eu era a meia-irmã malvada que a havia feito comer cocô. Ou, se lembrava, não tinha ressentimentos. Logo depois Lola, de maiô roxo, se juntou a nós, e fiquei com as duas no meu colo. Ao segurá-las com firmeza, percebi que chorava. As lágrimas escorriam pelo meu rosto, lágrimas quentes de vergonha pelo que havia aprontado para aquelas duas garotinhas que nunca tinham feito nada pra me magoar, exceto nascer.

Em seguida, vi Rosie se aproximar usando pés de pato. Ela fechou a cara, os braços cruzados sobre o peito.

– Meninas, deem espaço pra Rosie – pedi, enquanto enxugava as últimas lágrimas, e Rosie também subiu no meu colo.

Jennica veio correndo, com medo de que a cadeira caísse, por isso sentamos na grama. Fiz cócegas nas três, brinquei de aviãozinho com elas, levantando-as no ar e fazendo barulho de motor de avião. Jennica sentou-se ali por perto, e percebi que não confiava 100% em mim. Acho que não podia culpá-la por isso.

Quando peguei Lola e depois Lucy pra brincar de aviãozinho, me dei conta de que lá no fundo do meu coração eu amava minhas irmãzinhas. Mais do que podia imaginar. Mas nunca as amaria do mesmo jeito que amava Rosie.

E talvez fosse horrível pensar isso. Mas a dra. Belinda Boniface uma vez tinha me dito que eu precisava ser dona dos meus pensamentos. E eu era dona deste.

Depois que Anna Maria foi embora, Jennica pediu pizza para o jantar e comemos lá fora, tipo piquenique. Rosie e eu ligamos para mamãe pra avisar que tínhamos chegado bem.

– Dudley está aí? – não consegui deixar de perguntar.

Houve uma pausa até ela responder.

– *Indícios indicam que sim.*

Revirei os olhos.

– Mamãe, eu inventei a conversa com a Bola 8 Mágica. Não a use comigo.

– Desculpe, Violet. Foi só pra desanuviar o clima.

Amaciei o tom.

– É, eu sei.

– E não, ainda não respondi. Disse a ele que preciso pensar um pouco.

– Não pode se casar com ele.

– Violet.

Não retruquei.

– Bom, é melhor desligar.

– Mamãe?

– Sim?

– Eu te amo.

– Eu também te amo, minha filhinha bobinha.

Papai ainda não tinha chegado quando fui pra cama. Rosie dormia a sono solto, o peito dela subindo e descendo a cada respiração, o lençol enrolado a seus pés.

Li meu livro durante um bom tempo, mas ainda estava difícil me concentrar. Meus pensamentos iam do pedido de Dudley a Jean-Paul, passando pelo nariz de Ashley. E alcançavam Phoebe. Principalmente Phoebe. Que zona eu tinha feito. Ela era minha melhor amiga e eu sentia a maior falta dela.

Ouvi o carro de papai chegando por volta da meia-noite. Pensei em ir encontrá-lo à porta pra dar um oi, mas não estava com muita vontade, então não fui. Sabia que o veria no café da manhã.

E então colocaria meu plano em ação.

Graças a um raiozinho de sol que entrou por uma brecha na cortina do quarto como um raio laser, diretamente no meu olho esquerdo, acordei bem cedo. Rosie continuava dormindo, mas pulei da cama e fechei a porta do quarto bem devagar.

Perto da cozinha ouvi vozes. Vozes altas, discutindo. Diminuí o passo e apurei os ouvidos.

– É o terceiro vestido novo em um mês – era a voz de papai.

– Sabe que preciso impressionar quando faço algum teste – voz de Jennica.

– Claro, mas você tem um armário cheio de opções.

– Detesto repetir roupa pra isso. Acho que dá azar.

– Isso... isso é ridículo.

– Olha quem fala... O senhor comprou um Mercedes-Benz conversível novinho em folha.

– Precisava trocar de carro. E este trabalho está sendo bem remunerado.

– Ah, então, como você está trabalhando e eu não, você pode gastar, mas eu preciso contar os centavos?

– Não disse isso.

– Quando nos conhecemos, *eu* ganhava mais do que *você*, mas algum dia controlei o quanto você gastava?

– Jennica, seja sensata. Temos uma hipoteca do tamanho de um bonde. Esta série pode nunca passar do piloto. Você não trabalha há seis meses.

– Obrigada, Ian. Muito obrigada por me lembrar.

Decidi entrar nessa hora. E, com minha melhor cara de "não ouvi nada", dei bom-dia.

O rosto de papai se iluminou.

– Violet!

Ele parecia feliz de verdade por me ver, coisa que me surpreendeu. Me envolveu em seus braços e me apertou. Senti o cheiro dele e percebi que tinha lágrimas nos olhos, mesmo sem estar exatamente triste.

– Olá, pai – foi tudo o que disse.

– Olhe só pra você. Já não é mais criança. Está se tornando uma linda mulher.

Fiz uma careta.

– Não exagera...

– Está a cada dia mais parecida com sua mãe.

Não sabia como reagir a esse comentário, por isso me livrei do abraço e peguei uma tigela no armário.

– Tem cereal?

Jennica pegou várias caixas e foi aí que percebi a roupa nova. Era um vestido de alcinha que exibia seu *material*, se é que me entende. Estava com bastante maquiagem, mas nela parecia quase natural. Quase.

– Você está bonita – comentei, enquanto verificava os rótulos dos cereais. Minha mãe diria que eram todos uma porcaria, mas escolhi um.

– Obrigada – ela respondeu, lançando um olhar a papai. – Tenho um teste mais tarde.

Papai se serviu de café.

– Desculpe ter de trabalhar tanto enquanto estiverem aqui, meu bem.

– Não faz mal.

Disse isso dando de ombros. Depois, empregando o tom mais casual possível, completei:

– Ouvi falar que George Clooney está filmando no mesmo estúdio que vocês.

– Isso mesmo. Eles estão no estúdio 9, e nós, no 18.

– Você o conheceu?

Papai sorriu.

– Nunca nem o vi. O estúdio é enorme.

Meu coração deu uma falhada. Enchi a tigela de cereais.

– Posso ir hoje com você?

As sobrancelhas de papai se juntaram.

– Puxa, Violet. Hoje não tem como. Vamos rodar uma grande sequência de ação, vai ser um caos. E nem é tão interessante quanto possa pensar.

– Amanhã, então.

– Amanhã também não dá.

– Ian – falou Jennica, e a voz dela tinha uma ponta de irritação –, sua filha quer ver o que você faz.

Foi divertido ver meu pai ser encostado à parede. Peguei pesado:

– Por favor, papai. Quero ficar mais tempo com você.

– Aí é que está o problema. Não vou poder ficar com você. Não paro um minuto desde que chego até a hora de ir embora.

Arregalei um pouco os olhos e pisquei algumas vezes, como se fosse começar a chorar.

– *Por favor*, papai.

Ele suspirou.

– Deixe eu dar uma olhada na programação quando chegar lá, tá bom? Se tiver algum dia mais calmo enquanto estiver aqui, arranjo uma visita. Mas não estou prometendo nada, entendeu?

Fiz que sim com a cabeça. Era o máximo que ia conseguir dele por enquanto.

Depois do café, pedi emprestado o computador de Jennica.

– Claro – ela respondeu, e trouxe seu MacBook Pro para a sala.

Entrei no Facebook. Primeiro olhei a página de Karen. As fotos de minha mãe tinham sido retiradas. Depois, entrei na minha lista de amigos pra deletar Ashley Anderson, mas ela tinha sumido. Ashley se adiantara a mim.

Quando estava pra sair da página, vi no canto inferior, em bate-papo, que havia alguém on-line. Como eu tinha pouquíssimos amigos no Facebook, isso raramente acontecia. Cliquei no ícone pra ver quem era.

Phoebe Stegel.

Sem perder tempo pensando, digitei uma mensagem pra ela, enviei e prendi a respiração.

VIOLET GUSTAFSON = miolo mole. Você me perdoa?

Esperei. Quando estava convencida de que Phoebe ia me ignorar, entrou uma resposta na tela.

PHOEBE STEGEL = melhor amiga de Violet. Uma briga não vai mudar isso.

Desde nossa briga, eu parecia ter uma jiboia apertando meu coração. Agora, a pressão diminuíra e era como se eu pudesse respirar de novo.

Eu te adoro.

Por favor, não me venha com essas coisas meladas. Não acredito que perdi você batendo na Ashley. Estava em casa, com gripe. Todo mundo só fala nisso.

Não me orgulho.

Nem deve. Acho que pediu desculpas a seu pai.

Sim. Mas tive um motivo.

Qual?

Dudley pediu minha mãe em casamento.

NÃO BRINCA!!!! O que ela disse?

Ainda não deu resposta.

Puxa. Mas isso não explica por que se desculpou com seu pai.

Descobri que George Clooney está filmando nos estúdios Tantamount.

O mesmo lugar onde seu pai está rodando o piloto?

Exato.

Você vai tentar encontrar o George!!!!

Espertinha. Mas papai ainda não me deixou visitar o estúdio. Estou tentando bolar um plano B.

Houve outra longa pausa. Sabia que Phoebe estava pensando. Depois de um minuto, chegou a resposta dela.

Mapas das estrelas.

Mapas das estrelas?

Aqueles que vendem, da casa das estrelas. Talvez a casa de GC esteja num deles.

Você é brilhante.

Como sempre. Me avisa, tá?

Pode deixar.

Ei. Não quer saber do baile?

Não sei. Será?

Quer, sim. Ashley e Jean-Paul não foram.

Sério?

Sério.

Vai ver ela não quis ir de nariz quebrado.

Pode ser. Preciso ir, Violet. Cathy vai me levar à aula de mantra. Tchau!! XO*

Meu coração estava bem mais leve quando fechei o computador. Phoebe e eu estávamos numa boa. E comprar um mapa das estrelas era uma ideia genial. *Mas como vou arranjar um e, o mais importante, se a casa de George Clooney estiver nele, como vou até lá?*

Jennica apareceu na sala.

– Violet, Anna Maria acabou de chegar. Devo voltar para o almoço.

Uma lâmpada acendeu na minha cabeça.

– Posso ir com você?

Jennica me olhou como se não tivesse entendido.

– Ao teste. Quer dizer, não preciso ver o teste, mas... poderia ir e depois a gente fica um pouco juntas. Tipo, tarde das meninas.

Enquanto eu falava, a expressão de Jennica foi do choque à desconfiança, passando pelo que descreveria como... sei lá... *felicidade*?

– Você quer passar o dia... comigo?

Honestamente, achei que ela fosse chorar.

– Claro.

– Adoraria. Vamos nos divertir muito. Podemos comer sushi. E marcar mão e pé.

– Marcar o quê?

– Manicure e pedicure.

– Na verdade – arrisquei –, tinha outra coisa em mente.

– O quê?

---

* Em “internetês”, “XO” significa beijo e abraço. (N. T.)

– Um passeio pelas casas das estrelas.

Jennica não pareceu muito animada, mas se limitou a dizer:

– Claro. Faremos o que você quiser. Vou avisar Anna Maria que vou voltar mais tarde.

Jennica saiu praticamente correndo. Dei um leve sorriso. Olha, tinha sido fácil demais.

O teste de Jennica era em Burbank. O trânsito estava horrível e levamos mais de uma hora pra chegar, mas como saímos com tempo, ela não se atrasou.

Não vou mentir. Até que foi legal andar pelas rodovias congestionadas de Los Angeles no Golf conversível de Jennica. Ela me emprestou os óculos de sol de novo, os que tinham Louis Vuitton inscrito em letras pequenas do lado. No caminho, fingi ser uma estrela de cinema sendo levada ao trabalho.

No meio do trajeto, Jennica remexeu na bolsa e me deu umas folhas de papel.

– Você se importa de repassar o texto comigo? – ela pediu. – Leia as linhas que não marquei.

Eram páginas do roteiro de um seriado que eu já tinha visto algumas vezes em Vancouver. Não o achava muito engraçado, mas não disse isso pra Jennica.

Eu lia as falas de Joey e Ramone, enquanto Jennica falava como Ally, o papel que representaria no teste.

CENA PARA TESTE: Ally

INT. CAFÉ - DIA

JOEY e RAMONE sentados à sua mesa predileta. Joey não consegue parar de olhar para UMA CLIENTE LINDA (ALLY).

RAMONE: Cara, fecha a boca. Está babando no café.

JOEY: Não consigo. Me apaixonei.

RAMONE: Ora, ela é velha. Deve ter uns trintinha.

JOEY: E daí? É a idade da loba.

(Joey se levanta.)

JOEY: Vou falar com ela.

RAMONE: Só não use aquelas suas cantadas horrorosas.

(Joey atravessa o salão, para na frente da mesa de Ally. Ela se volta para ele.)

ALLY: Pois não?

JOEY: Acho que você roubou uma coisa que me pertence.

(Ally parece confusa e um pouco irritada.)

ALLY: Como disse? O que eu poderia ter roubado de você?

JOEY: Meu coração.

(Ele sorri em triunfo. Para seu deleite, Ally também lhe dá um sorriso.)

ALLY: Essa cantada é batida. Mas é simpática.

JOEY: Posso me sentar com você?

ALLY: Acho que tudo bem.

JOEY: O que está tomando?

ALLY: Um leite de soja, sem gordura trans, com uma pitada de canela.

JOEY: *(mentindo)* Nossa, é o meu favorito também. *(gritando)* Garçom! Traz mais dois leites de soja, sem gordura trans, com uma pitada de canela. Por favor.

(Joey olha em direção a Ramone. Ramone não acredita que a cantada deu certo desta vez.)

FIM DA CENA

– Puxa – comentei –, seu personagem não tem muitas falas.

– É só a cena do teste – ela respondeu. – Até que o papel não é ruim. Acaba que ela é cleptomaníaca e rouba a carteira e o computador de Joey.

– Mesmo assim, está sendo meio rebaixada. Afinal, você fez o papel principal em *Paranormal Pam.*

– Por uma fração de segundo. Tiraram do ar depois de três episódios, lembra?

– Era *bem* ruim – falei.

Ela pareceu surpresa, mas caiu na gargalhada.

– Tem razão. Gostaria que meu agente tivesse sido tão sincero assim. De qualquer forma, Violet, é como funcionam as coisas nesse ramo. Um dia você está no topo e, no outro, não. Mas eu sou otimista. Sei que, em algum momento, a maré vai virar a meu favor.

Jennica conseguiu estacionar na rua. Gastou alguns minutos retocando a maquiagem e penteando o cabelo, e depois entramos no prédio.

O saguão estava fresco; era espaçoso e cheio de vasos de plantas e sofás de couro preto. Jennica falou com a recepcionista, que nos mandou para uma sala na outra ponta do corredor.

Admirei o andar de Jennica enquanto ela caminhava pelo corredor equilibrando-se nas sandálias de tiras. Tinha um passo tão confiante. Como o de Ashley, só que de adulta. E ainda havia aquela expressão que dizia: *Cuidado, mundo, aqui vou eu.*

Mas, quando ela entrou na sala, sua expressão mudou. Apertadas no espaço minúsculo, em cadeiras de armar, estavam umas 15 sósias de Jennica. Todas eram loiras. Todas tinham peitos falsos. Todas tinham dentes perfeitos, brancos e faiscantes. E todas iam fazer teste para Ally.

– Vou esperar lá fora – avisei.

– Está certo. Não deve demorar muito.

Estava para desmaiar de tédio quando Jennica enfim saiu, duas horas depois.

– Violet, me desculpe. Demoraram um tempão com uma das garotas.

– Estou com tanta fome que quase comi meu braço.

– Então vamos. Dane-se o sushi. Sei de um hambúrguer ótimo perto daqui.

Como estávamos em Los Angeles, entramos no carro pra percorrer umas poucas quadras. Uma multa tremulava sob o limpador do para-brisa. Ela praguejou baixinho e jogou o papel na bolsa.

– Não conta pro seu pai, combinado?

Concordei.

– Como foi o teste?

– Nada de mais. Entrei e saí rapidinho. Acho que quando cheguei eles já tinham escolhido outra. Aliás, um dos produtores falava com ela pelo celular durante o meu teste.

– Que idiota.

Ela sorriu pra mim.

– É, que idiota mesmo. Mas quer saber? Nada que uma terapia de loja não cure. Vamos fazer compras depois do almoço.

– E o passeio pelas casas dos famosos? – perguntei, uma bolha de pânico crescendo no meu estômago.

– Temos tempo pra tudo, juro. Deixe eu comprar umas coisas novas pra você. Começando por uma roupa de banho mais adequada.

Pensei na discussão que ela tivera com papai sobre dinheiro. Depois lembrei o monte de coisas que Lola e Lucy tinham – roupas, brinquedos, quarto de princesa, piscina. E disse:

– Claro!

Não tenho como mentir. A terapia de loja foi divertida. Depois de devorar um cheese bacon com fritas, Jennica me levou a uma das lojas de roupas mais bacanas em West Hollywood, a Fred Segal. Mal podia acreditar naqueles preços, mas Jennica nem pestanejava, então deixei que me comprasse uns *tops* e um jeans muito legal. Depois ela me levou à loja de maiôs de que mais gostava e encontramos um que até não ficou mal em mim.

– O que conta é o corte – ela falou. – Ele acentua suas pernas incríveis.

– Ora, tenho joelhos de homem. Minhas pernas são horrorosas.

– Está de brincadeira? Tem mulher que mataria para ter suas pernas, Violet. Elas nunca envelhecem.

Jamais tinha pensado desse jeito em relação às minhas pernas.

Saindo da loja de maiôs, Jennica dirigiu até Hollywood Boulevard, onde compramos um mapa das casas das estrelas numa loja de lembranças.

– A casa de George Clooney está no mapa? – perguntei ao vendedor.

– Está – ele respondeu com voz entediada.

– Gosta de George Clooney? – perguntou Jennica ao nos dirigirmos para o carro.

– Médio – menti. – Minha mãe que é fã. Prometi levar uma foto da casa dele.

Não queria que ela desconfiasse, por isso pedi que passasse diante da casa de outras celebridades também. Passamos por lugares incríveis, com nomes que eu ouvia em músicas e na TV: Beverly Hills, Bel Air, Lauren Canyon, Mulholland Drive, Sunset Boulevard. Muitas das casas mal davam pra ver da rua, porque tinham cercas vivas altas ou muros que as protegiam de olhares curiosos.

Depois de meia hora de passeio, perguntei se podíamos passar pela casa do George Clooney.

– Não quero decepcionar mamãe.

Jennica estudou o mapa por alguns instantes, depois engatou a marcha e partiu.

– Queria te agradecer, Violet.

– Pelo quê?

– Por sugerir que passássemos o dia juntas. Por se esforçar. Sei o que sente a meu respeito.

Não respondi.

– E acho que foi por isso que fez aquilo com Lola e Lucy, não foi? Porque eu não acredito que quisesse fazer mal a elas.

Percebi dúvida na voz dela. Não conseguia encará-la. Apenas balancei a cabeça ao virarmos na rua de George.

– Jamais pensei que seria "a outra". Saiba que isso não fazia parte dos meus planos.

Jennica dizia isso tanto para mim quanto para ela mesma.

– Espero que estejamos virando uma página – continuou –, você e eu...

– É aqui – disse cortando a conversa. – Pare o carro.

Jennica estacionou. Abri a porta e saí.

– Volto logo – avisei.

Atravessei a rua e fiquei diante da casa dele. Como muitas outras, tinha uma cerca viva alta. Tentei passar pelos arbustos só pra ver como eram as coisas do outro lado. Mas, atrás deles, havia uma cerca alta.

Voltei para a frente da casa. Um portão de ferro impedia a passagem. Precisava chegar até a porta, por isso tentei forçar o portão. Estava trancado.

De repente, alguém falou comigo.

– Pois não?

Era uma voz de homem. Olhei em volta, mas não vi ninguém.

– Alô. Pois não?

Foi aí que vi o interfone.

– Ah, oi. É o George falando?

– Que George?

– George Clooney.

– Menina, se eu fosse o George Clooney, você acha que estaria falando ao interfone?

– Por que não? E como sabe que sou uma menina?

– Olha pra cima. Mais, mais.

Olhei. Tinha uma câmera no alto da cerca. Sorri amigavelmente e acenei.

– Ah! Oi.

– Oi.

– O George está?

– Detesto te dar esta notícia. Não só George Clooney não está como George Clooney nem mora aqui.

– Mora, sim.

O homem riu.

– Garanto que não.

– Mas o mapa diz...

– Menina, esses mapas são dinheiro jogado fora. A maior parte das informações está desatualizada.

Meu coração parou.

– Sério?

– Sério.

Do outro lado da rua, Jennica começou a buzinar.

– Que droga – disse.

– Pra você, talvez. Para as estrelas, nem tanto. Imagine ter gente passando pela sua casa dia e noite tentando ver você.

– É. Mas não estou fazendo isso. Preciso mesmo perguntar uma coisa muito importante pra ele.

– É o que todas dizem.

Ele parecia cansado.

– Agora dá o fora, pode ser? Você parece ser uma boa menina, não me obrigue a chamar a polícia.

Concordei. Acenei para a câmera e cruzei a rua, sentando no lugar do passageiro no carro de Jennica.

– O que estava fazendo? Podíamos ter sido presas.

– Falei que ia levar uma foto pra minha mãe.

Jennica pegou minha câmera no assento de trás.

– Que foto? – ela perguntou.

– Podemos ir pra casa? Me deu um cansaço enorme de repente.

Jennica me encarou. Encostei a cabeça no vidro, completamente apática.

– Mas é claro – acabou falando. – Vamos para casa.

Quando voltamos, Rosie e as gêmeas estavam na sala íntima, concentradas numa elaborada brincadeira de "escola". Rosie era a professora e, portanto, a mandachuva, e estava adorando dar ordens a Lucy e Lola.

Depois do jantar (preparado por Anna Maria), Jennica pôs as gêmeas na cama e eu fiz o mesmo com Rosie. Ela insistiu que não precisava de fralda.

– Não molho a calcinha há uma semana!

Quando acabei de ler pra ela, fui para a sala íntima e liguei a TV enorme. Não tinha jeito – estava deprimida.

Jennica entrou minutos depois.

– Violet, seu pai acabou de ligar. Disse que você e eu podemos visitá-lo no *set* amanhã. Vamos de carro, pela manhã.

Meu humor melhorou. Pronto. Minha melhor e última chance de conhecer George Clooney.

Não podia fazer besteira.

– Jennica Valentine e Violet Popischil. Viemos ver Ian Popischil no estúdio 18.

Jennica e eu estávamos no carro dela diante da guarita dos estúdios Tantamount.

Entrar no estúdio foi bem legal. Primeiro passamos sob um arco *art déco* com as palavras "Estúdios Tantamount" gravadas na pedra. Uma fonte grande, no mesmo padrão de pedra, lançava jatos de água logo depois do arco. O jardim ao redor tinha uma variedade incrível de plantas e flores tropicais bem coloridas. Uns cinquenta metros depois da fonte, a rua estava bloqueada por um *guardrail*, do tipo que há em estacionamentos. Ao lado tinha uma guarita, e o guarda tinha saído pra perguntar quem queríamos ver.

Ele voltou para a guarita com a identidade de Jennica e examinou uma lista. Saiu um minuto depois e lhe entregou um crachá.

– Aqui está o mapa para guiá-la – informou, mas Jennica dispensou o papel.

– Tudo bem. Eu conheço o caminho.

– Eu fico com o mapa – falei depressa. – De lembrança.

Parecíamos estar lá dentro havia uma eternidade. O estúdio era imenso. Passamos por um prédio baixo atrás do outro e me dei conta, maravilhada, de que em cada um deles deviam estar gravando um filme ou um programa. Passamos por um *set* externo que era igualzinho à avenida principal de alguma cidadezinha americana e por outro que parecia o Velho Oeste.

Foi então que vi: estúdio número 9. Onde George Clooney filmava. Tentei decorar o caminho dali até nosso estúdio, mas meu senso de direção não era dos melhores. Mas eu tinha o mapa no bolso; ele me ajudaria a achar o caminho.

Minutos depois, Jennica parou numa vaga do lado de fora do estúdio 18. Saímos do carro.

– Chegamos – ela disse.

Um cara de uns vinte anos esperava por nós. Até que ele era bonitinho, mas meio desleixado.

– Sou Ben, assistente de Ian. Vamos entrar. Estamos no meio de uma montagem.

Ele nos levou por um corredor comprido. Passamos por escritórios, camarins, sala de maquiagem, e paramos diante de uma porta em cima da qual tinha uma luz vermelha. Eu sabia, pelas poucas vezes que havia visitado mamãe e papai no estúdio, quando era menor, que se a luz estivesse acesa é porque estavam gravando e você não podia entrar. Mas a luz estava apagada e abrimos a porta.

O *set* era incrível. Era a reprodução do interior de uma espaçonave moderna e, se não olhasse pra cima e visse todos aqueles refletores pendurados no teto, e se ignorasse o pessoal que montava a próxima cena, quase poderia acreditar que tinha sido abduzida por alienígenas.

Aí vi meu pai, em pé, ao lado da mesa do lanche. Ele conversava com uma ruiva bonita. A julgar pela roupa dela, um traje espacial que nem o do *Star Trek*, deduzi que fosse uma das atrizes. A mão dele descansava casualmente no braço dela.

Olhei pra Jennica. Ela também tinha avistado meu pai. E eu aconselhei:

– Se fosse você, faria outra visita a meu pai. Mas, da próxima vez, sem ser anunciada.

Jennica me lançou um olhar cortante e abriu a boca pra dizer alguma coisa. Mas deve ter percebido que eu só queria ajudar, porque resolveu não falar nada. E passou a mão suavemente na minha bochecha.

– Um cílio – disse ela.

De repente, senti uma enorme onda de simpatia por Jennica, porque, fala sério, se papai traiu a primeira mulher, ele podia trair a segunda também.

– E... corta! – gritou papai por trás do monitor.

Estava sentado na cadeira do diretor, uma cadeira chique de lona preta, com o nome dele bordado no encosto. Eu estava sentada atrás dele, também numa cadeira de lona, mas sem nome ou porta-copo. Usava fones de ouvido pra poder ouvir com clareza. Jennica tinha ido falar com a moça do figurino, que já tinha trabalhado com ela.

Foram horas relativamente interessantes, só que muito repetitivas, vendo a mesma cena ser gravada várias vezes de ângulos diferentes. Mesmo assim, era uma cena boa – "Pouco antes de a espaçonave cair num planeta estranho e hostil", informara Ben –, e, confesso, fiquei muito orgulhosa de meu pai. Pelo que pude ver, ele era bom no que fazia e era óbvio que o elenco e a equipe gostavam dele.

Mas, num certo ponto, um cara de terno apareceu e falou com meu pai entre duas tomadas, e parece que isso o deixou estressado.

– Um dos produtores – Ben me explicou. – Estamos ultrapassando os horários e isso custa dinheiro, ou seja, estouramos o orçamento, e seu pai está levando uma dura.

Agora, enquanto estava sentada atrás dele, papai falava com o diretor de fotografia e o supervisor de roteiro. Depois avisou ao primeiro assistente de diretor que iam passar pra outra cena. O assistente gritou para todos ouvirem:

– Vamos em frente, pessoal! Vamos fechar a cena 15!

Papai se levantou e me olhou.

– Preciso ensaiar esta cena com os atores antes de parar para o almoço, meu bem. Nesse meio-tempo, pensei que Ben poderia te mostrar as externas.

– Legal.

Saí com Ben, que me levou até um carrinho de golfe.

– Suba.

– Não podemos ir andando?

– Aí não voltaremos a tempo de almoçar.

Ben passou pelas locações, que eram incríveis. Tinham construído o cenário de uma nave acidentada e, atrás dele, os restos de uma cidade intergaláctica destruída.

Era tudo muito impressionante, mas tinha outras coisas em mente.

– O estúdio 9 fica longe daqui? – perguntei na maior casualidade.

– A uns cinco minutos naquela direção – Ben respondeu apontando.

– E a pé?

– Leva uns 15 minutos, talvez. Por quê?

– Só curiosidade.

Ben me levou de volta na hora em que o elenco e a equipe pararam para almoçar. Eu não estava com fome, porque tinha beliscado salgadinhos a manhã inteira. Papai e Jennica já estavam comendo.

– Pegue a comida e sente com a gente, Violet – disse papai. – O frango está uma delícia.

– Vamos para casa depois do almoço – Jennica informou.

Meu coração deu um salto.

– Por quê? Quero ficar mais.

– Não podemos. Anna Maria sai às quatro da tarde hoje.

– Eu fico com papai.

– Não dá, meu bem – ele disse. – Vou ficar pelo menos até meia-noite.

– E daí? Não sou bebê. Posso ficar acordada até...

– Violet, a resposta é não.

A voz de papai soou subitamente cansada. Eu sabia o motivo: o cara de terno estava parado à porta, fazendo sinal para meu pai ir até lá.

– Licença, meninas. Já volto.

Ele foi até o cara, que gesticulava bastante enquanto falava.

Tinha de pensar depressa. Era provável que papai não me deixasse voltar ao estúdio enquanto estivesse na cidade. Se quisesse conhecer George, era agora ou nunca.

Falei pra Jennica:

– Já volto; vou ao banheiro.

Passei pelo corredor comprido, pelos banheiros, e saí. Peguei o mapa pra me localizar. Se Ben estivesse certo, levaria 15 minutos a pé até o estúdio 9, mais 15 minutos pra voltar. E ainda precisava de tempo para achar George e falar com ele. Nunca estaria de volta antes do fim da hora de almoço de papai.

Aí meu olhar deu com o carrinho de golfe de Ben.

A chave estava na ignição.

Como é fácil dirigir um carrinho de golfe, pensei cruzando as ruas dos estúdios Tantamount. Felizmente havia pouco tráfego, por isso não fazia mal desviar um pouco a direção enquanto estudava o mapa. Tinha certeza de que estava na direção certa até que vi o estúdio 1 e percebi que havia ido parar do outro lado do terreno.

Não tinha descoberto como dar ré no carrinho, por isso fiz um retorno e voltei pelo mesmo caminho. Olhei para o relógio: já tinha desperdiçado 15 minutos. Segundo Ben, já estaria no estúdio 9 se tivesse ido a pé. Aumentei a velocidade, coisa que, num carrinho de golfe, eram uns vinte quilômetros por hora.

E então, como um farol a distância, eu o vi. Estúdio 9! Disparei naquela direção quando, de repente, saídos do nada, dois camelos de verdade apareceram bem na minha frente.

Camelos vivos! Achei que fosse uma alucinação. Virei o volante todo para a esquerda e quase atropelei dez dançarinas do ventre que estavam atrás dos camelos. Foi como estar num filme, mas não era um filme; eram coisas *para* um filme. Virei o volante todo pra direita... E bati num carro esporte com jeito de ser caríssimo, estacionado perto do estúdio 9.

A última coisa da qual me lembro é do carro de golfe virando...

Eu, sendo arremessada pra fora dele...

Da sensação de ardência na pele, escorregando pelo asfalto...

E do carro de golfe vindo parar em cima de mim.

Acho que desmaiei, porque a próxima coisa da qual me lembro é de estar deitada num leito em uma sala toda branca. Pude ouvir vozes.

– *Esta* é a pessoa que bateu no meu carro?

Era uma voz masculina com um timbre profundo.

– A-hã.

Uma voz feminina. Abri os olhos. A voz pertencia a uma mulher de jaleco branco. Não conseguia ver o dono da voz masculina.

– Com um carrinho de golfe?

– Foi. Umas figurantes de dançarinas do ventre viram tudo.

– Ela vai ficar bem?

– Torceu o tornozelo, tem umas escoriações feias e temos de observar se teve concussão, mas, fora isso, deve ficar bem.

– Quem é ela? De onde saiu?

– É o que estamos tentando descobrir.

Virei a cabeça pra esquerda e pra direita, tentando enxergar o dono da voz, mas ele não estava no meu campo imediato de visão. Fiz menção de me levantar, mas minha cabeça parecia uma bola de boliche.

– Ela abriu os olhos, doutora. Posso falar com ela?

– À vontade.

De repente, um rosto de homem surgiu diante de mim. Era um rosto bonito, apesar de pertencer a alguém que tinha idade pra ser meu pai. Correção: era um rosto *muito, muito, muito* bonito, com olhos calorosos e um sorriso de matar.

George Clooney.

– Olá.

– Oi.

– Como está se sentindo?

– Dolorida.

– A médica disse que vai ficar boa.

Assenti com a cabeça.

– Você bateu no meu carro.

Choraminguei:

– O carro é seu?

Ele fez que sim.

– Sinto muito. Tentei desviar dos camelos. E das dançarinas do ventre.

– Bom, antes meu carro do que os camelos ou as dançarinas. Mas, se não se importa que eu diga, você parece meio jovem para dirigir.

– Logo vou ter idade suficiente.

– Logo, quando?

Hesitei.

– Três anos e meio...

– Hum... Deixe eu te perguntar uma coisa: por que diabos você estava dirigindo um carro de golfe do estúdio?

– Vim ver você.

– Veio me ver.

– Escrevi uma carta. Aliás, duas. Você ainda não respondeu. Mandei para o endereço do seu agente.

– E o que dizia nas cartas?

– Perguntava se você queria conhecer minha mãe.

– Sua mãe?

– Vocês se conheceram anos atrás. Ingrid Gustafson?

Ele me olhou com cara de paisagem.

– Você lhe deu uma foto e escreveu que esperava que seus caminhos se cruzassem de novo. Tentei fazer isso acontecer.

– Posso saber por quê?

– Achei que ela seria o tipo de mulher que faria você mudar de ideia sobre o casamento.

George pensou um pouco a respeito.

– Imagino que seu pai não esteja no pedaço.

– Ah, ele está. Mas não com minha mãe. Está dirigindo um piloto no estúdio 18. Ele casou de novo.

– Foi sua mãe quem meteu você nisso?

– Não, não. Ela não sabe que escrevi as cartas. Mamãe acha que está muito feliz com um cara chamado Dudley Wiener.

– Wiener. Que nome infeliz...

– Nem diga.

– Mas talvez ela esteja. Quero dizer, feliz.

– Não. Está iludida.

– É mesmo?

– É. Ele não serve pra ela.

– Por que não?

– Porque sim. Ele é sem graça. Meio careca. Faz trocadilhos. E tem peitinho.

– Peitinho, é? Bom, se não se importa que eu diga, esses motivos não parecem muito bons. Parecem mais, ahn... motivos superficiais.

– Tem mais. Ele não é... – lutei pra colocar em palavras. – Ele não é...

– Ele não é seu pai?

Concordei com a cabeça. Meus olhos se encheram de lágrimas. Estava chorando na frente do George Clooney; lágrimas bem gordas desciam pelo meu rosto.

– Sei que meu pai é uma besta por deixar minha mãe pela Esposa Número Dois e tudo... mas, quando ele era nosso pai de verdade, era ótimo, sabe? Dudley não tem nada...

– Do seu pai?

– Nem de longe.

Funguei e aspirei de volta uma meleca que tinha se formado na narina esquerda.

George me passou um lenço de papel e deu um tapinha na minha mão.

– Viu? Você é bonito, esperto e gentil. Seria perfeito pra ela.

Ele balançou a cabeça.

– Não seria.

– Por que não?

– Estou achando que sua mãe merece alguém que esteja sempre com ela. Não sou esse homem.

– Talvez você seja; só não encontrou a mulher certa.

– Pode ser. Mas eu duvido. O homem tende a conhecer a si mesmo muito bem quando chega a quase meio século.

– Nossa. Você é velho.

Ele sorriu.

– Um ancião.

Pegou minha mão e a apertou de leve.

– Posso te dizer uma coisa? Ninguém jamais vai poder substituir seu pai. Nem eu.

Assenti, e minha cabeça pareceu prestes a explodir.

– Mas quero perguntar uma coisa. O tal Wiener faz sua mãe feliz?

– Parece que sim.

– Então talvez deva dar uma chance a ele.

Uma onda de exaustão se abateu sobre mim. Pensei que poderia dormir pra sempre.

– Como você se chama? – perguntou George.

– Violet. Violet Gustafson.

E, sem mais nem menos, com o maior ator de cinema de todos os tempos parado bem ali, caí num sono profundo.

Quando acordei, estava escuro feito breu e Jennica me sacudia pra que eu despertasse. Levei um minuto para perceber que estava na minha cama, na casa do papai, e que Rosie dormia na cama ao lado.

– O que está fazendo? – resmunguei, a voz empastada de sono. Sentia uma dor latejante no lado direito do corpo.

– Preciso te acordar a cada hora e examinar suas pupilas, pra ver se não teve uma concussão. Ordens médicas.

– Cadê o papai?

– Trabalhando.

Olhei pro relógio. Eram quase duas da madrugada.

– Pararam a produção por algumas horas quando ele descobriu que você estava na enfermaria do estúdio. Quando vimos que estava bem, ele teve que voltar e retomar as gravações.

Pensei no homem de terno que estava aborrecendo meu pai e gemi.

– Papai vai ficar furioso.

Jennica apertou minha mão, mas não me contradisse.

– Falamos sobre isso amanhã. Por enquanto, fico feliz que esteja bem.

Ela se levantou e se encaminhou para a porta.

– Até daqui uma hora.

– Jennica?

Ela se voltou para mim.

– Obrigada.

Jennica me deu um sorriso cansado antes de sair.

– O carro de George Clooney!

Papai andava de um lado para outro na cozinha, segurando uma caneca de café.

Jennica e eu ainda estávamos de pijama. Ela estava com olheiras, graças à vigília por esta que vos fala. Eu usava uma muleta pra me ajudar a andar com o tornozelo torcido. O lado direito de meu corpo – perna, quadril e braço – estava todo esfolado e começava a criar casca.

– Você bateu no carro de George Clooney! Com um carro de golfe do estúdio! Que você *roubou*! E tem 12 anos!

– Quase 13. E não roubei. Peguei emprestado...

– *O carro de George Clooney!*

Estava na cara que esta parte em particular era a pior para papai.

– Ele deve estar uma fera.

– Não muito – respondi.

– Como assim, "não muito"?

– Falei com ele. Na enfermaria.

Meu pai esfregou as têmporas.

– Violet, não seja ridícula. George filmou o dia inteiro, não pode ter ido visitar você na enfermaria.

– Mas ele foi. Pergunte à médica. Ela estava lá.

Jennica interrompeu com suavidade:

– Não era uma médica, Violet. O nome do médico é Bernard.

Fiquei confusa.

– Mas eu *falei* com ele...

– Você bateu a cabeça. Deve ter tido uma alucinação – disse meu pai.

– Se foi alucinação, como sabia que bati no carro dele?

– Porque na vaga de estacionamento está escrito no chão: "reservado para George Clooney", em letras bem grandes. Você deve ter visto quando caiu... – a voz de meu pai falhou. – Violet, você podia ter se matado. Quase nos matou de susto.

Então ele me pegou e me abraçou apertado por alguns segundos antes de me soltar.

– Mas que droga! Por que suas visitas não podem ser normais? – deu um beijo rápido na cabeça de Jennica e continuou: – Desculpe, preciso ir. Só começamos a gravar em duas horas, mas preciso fazer umas revisões e tentar compensar o tempo perdido.

Lançou um olhar significativo para mim ao dizer isso. E, enquanto saía da cozinha, gritou por cima do ombro:

– Ligue pra sua mãe!

Jennica e eu ficamos sozinhas. Escutamos Rosie e as gêmeas brincando, alegres, na sala íntima. Jennica me deu um comprimido, algo que o médico receitou contra dor. Tomei com um pouco de suco de maçã.

– Acha mesmo que viu George Clooney?

– Sim. Pelo menos, achei que sim. Agora não tenho mais certeza.

– Ele é tão bonito pessoalmente quanto é nos filmes?

– Mais.

Jennica sorriu, e o sorriso se transformou em um bocejo.

– Por que não volta a dormir? – perguntei.

– Não posso. É folga da Anna Maria.

– Eu cuido de Rosie e das gêmeas – falei.

Ela me olhou, e eu sabia que tentava decidir se podia confiar em mim ou não.

– Só por uma hora. Não saio com elas. Ficaremos na sala íntima. – Em seguida disse o que ela queria ouvir: – Não vou fazer nenhuma maldade. Prometo.

Jennica estudou meu rosto por um momento.

– Tá. Obrigada, Violet. Eu agradeço – ela me passou o telefone. – Mas, primeiro, ligue para sua mãe.

– Violet, está tudo bem?

Quando consegui ligar para o celular de minha mãe, ela estava no trabalho, e ouvi vozes ao fundo.

– Está tudo ótimo, mamãe. Eu e Rosie estamos bem – fiz uma pausa. – Mas tive um pequeno acidente ontem.

Fez-se silêncio do outro lado.

– Um acidente?

– Estou bem. Só torci o tornozelo. E me arranhei. Achavam que eu podia ter tido uma concussão, mas não tive.

– O que aconteceu? – havia um toque de histeria na voz dela.

– Ahn... eu caí de um carro de golfe. E ele veio parar em cima de mim.

– *O quê?*

– Olha, é uma longa história, e você está trabalhando. Então vamos esperar eu voltar e...

– Não, não vamos esperar. Karen, assuma aqui, por favor.

Logo depois, o barulho de fundo sumiu e percebi que ela havia saído para o corredor.

– Pronto, Violet. Pode me contar tudo.

Foi o que fiz.

– Rosie, pare de se mexer.

– A etiqueta está pinicando!

– Tá, vou procurar uma tesoura.

Era junho. Rosie e eu tínhamos voltado de Los Angeles havia três meses. E cá estávamos nós, usando vestidos iguais de dama de honra. Só que, tecnicamente, não éramos damas de honra, éramos as meninas das flores.

Para alguém que não gosta de usar vestido, tenho de admitir que este era bem legal. Simples, com cintura alta. O tecido era cinza perolado, e ele ia até os joelhos. Minha perna tinha sarado completamente; as feridas haviam sumido fazia tempo. Lembrei do que Jennica tinha falado sobre minhas pernas e, por uma vez na vida, achei que não estivesse tão feia assim.

– Karen, você tem uma tesoura? – perguntei. Ela usava a versão adulta de nossos vestidos, no mesmo tecido, mas o dela era longo, justo e sem mangas. Tinha maneirado na maquiagem e chegava quase a estar bonita.

– Acho que tenho – ela respondeu, remexendo na bolsa. – Toma.

Cortei a etiqueta de Rosie e ela deu um suspiro de alívio.

– Melhorou!

– Aqui estão as cestas – disse Karen, entregando a cada uma de nós uma cesta de palha cheia de pétalas de rosas. – Lembrem-se, e Rosie, isto serve especialmente para você: não joguem tudo de uma vez. Vão jogando um punhadinho conforme caminham.

Assenti, subitamente nervosa. A igreja estava lotada e seríamos as primeiras a entrar.

Mas permita-me voltar a fita um pouquinho. Muitas coisas aconteceram nos três meses desde Los Angeles. Muitas mesmo. E tudo começou na noite em que voltamos para casa.

Minha mãe nos pegou no aeroporto, mas ela e eu só tivemos chance de conversar bem mais tarde, porque Rosie não parou de tagarelar desde que entrou no carro até a hora de ir pra cama.

Foi só quando paramos diante de casa que percebi que o escapamento não fazia mais barulho. E, quando subimos os degraus, vi que a namoradeira que apodrecia na varanda há um ano e meio tinha sumido. E o corrimão não balançava mais.

Depois que Rosie dormiu, mamãe fez chocolate quente. Cada uma sentou numa ponta do sofá vermelho, frente a frente, nossos pés se tocando.

– Então – disse mamãe –, George Clooney...

Ela chegou a engasgar de tanto rir. Eu não achei *tão* engraçado, mas não ia discutir, porque estava aliviada por não estar tão encrencada.

– Não acredito que você tentou agitar o *George Clooney* pra mim – teve de enxugar as lágrimas dos olhos, de tanto que ria. – Suponho que deva me sentir lisonjeada. Mas também estou uma fera, é claro. Você roubou um carrinho de golfe. Dirigiu sendo menor. Teremos de pensar num castigo à altura.

Afinal, acho que estava muito encrencada.

– Além de tentar arranjar um encontro pra mim e George Clooney – ela continuou –, como foi o resto da visita?

– Não foi ruim – respondi, e falava sério.

Contei pra mamãe que, depois do incidente com o carrinho de golfe, papai e Jennica levaram a gente à Disney, e que, mesmo eu tendo que mancar com a muleta e a gente só poder ir aos brinquedos de criancinha, foi muito divertido. Contei que depois Jennica nos levou ao píer de Santa Monica e a Venice Beach, onde tinha certeza absoluta de ter visto uma das gêmeas Olsen, mas ela estava de patins e passou depressa, então só vi um borrão e não podia afirmar 100%.

Contei que passávamos bastante tempo na piscina de papai e que eu entrava na água todos os dias com o meu maiô novo.

Contei até sobre meu café da manhã com papai.

O que aconteceu foi o seguinte: um dia antes de voltarmos, entrei na cozinha pra comer alguma coisa. Papai estava na bancada tomando café.

– Violet, vamos sair pra tomar café da manhã?

– Não vai gravar hoje?

– Só ao meio-dia.

– E Rosie?

– Ela pode ficar aqui com as gêmeas.

E papai me levou a uma lanchonete da hora em Venice Beach, onde comemos *huevos rancheros* e tomamos enormes *frozen yogurts*. Depois andamos pela praia e ele me comprou uma camiseta, um boné e um par de chinelos para levar pra mamãe.

Voltávamos para casa quando ele falou:

– Sei que não tenho sido um pai muito bom pra você ultimamente, Violet.

Não sabia o que dizer. Por isso me concentrei na fileira de palmeiras na calçada.

– E sei que... quando deixei sua mãe... também deixei você e sua irmã, de certa forma. Não pretendia. Mas fiz isso.

Continuei olhando as palmeiras.

– Achei que ainda assim poderia ser um bom pai. Mas acho que não me saí muito bem, no final das contas.

Não tinha certeza, mas acho que ele esperava que eu falasse alguma coisa. Não falei.

– De qualquer maneira, queria que você soubesse... que vou me esforçar mais daqui pra frente.

Assenti com a cabeça. Sabia que ele falava sério, mas também sabia, dentro do coração, que não deveria esperar grandes mudanças.

Ele pigarreou para limpar a garganta.

– E talvez você também possa se esforçar mais. Sabe, não roubar mais carrinhos de golfe, falar comigo sem a Bola 8 Mágica quando eu ligar. Acha que consegue fazer isso?

Fiquei quieta, mas aí eu disse:

– *Indícios apontam que sim.*

Ele demorou pra sacar. Depois, deu risada.

Mamãe também riu quando acabei de contar a ela.

– Muito bom. Gostei que vocês conversaram. E estou feliz porque se divertiu. Está pronta para a pomada?

Fiz que sim com a cabeça. Ela levantou delicadamente minha calça de moletom, que era a única coisa que eu podia usar desde o acidente, porque não aguentava nenhum tecido roçando na pele. Repentinamente, senti a maior felicidade por estar em casa.

Mas, claro, uma pergunta queimava minha língua.

– Deu uma resposta a Dudley?

– Disse não.

Soltei a respiração, aliviada.

– Não estou preparada para outro casamento, pelo menos não tão cedo.

– Obrigada, obrigada, obrigada!

– Mas, Violet... – ela parou de passar a pomada na minha perna e pegou minha mão. – Gosto muito dele. Sei que fiz escolhas péssimas antes, mas Dudley é diferente. Só peço que lhe dê uma chance. Porque acho que, se fizer isso, vai ver que ser humano maravilhoso ele é. Pode não ser o mais bonito, o mais rico...

– ... ou o mais engraçado...

– ... mas ele me faz feliz – e ela acrescentou: – Em certos aspectos, mais feliz do que seu pai me fazia.

Mesmo altamente tentada, desta vez não tapei os ouvidos nem cantei *lá-lá-lá-lá-lá.*

– Amo você e Rosie de todo o coração. Mas também preciso de um tipo diferente de amor. Como você vai precisar de um tipo diferente de amor quando for mais velha, algo que Rosie e eu não seremos capazes de dar.

– Nunca vou me apaixonar – falei, e pensei em Jean-Paul. – É muito problemático.

Mamãe sorriu.

– Bom, espero que um dia você mude de ideia. Certa quantidade de dor faz parte da vida. Você não pode deixar de se abrir para as pessoas e correr riscos só porque tem medo de se magoar.

Quando ela terminou de passar a pomada na minha perna, comentou:

– Ah, já ia esquecendo. Um garoto ligou pra você no dia seguinte ao que foi viajar.

Meu coração pulou.

– Quem era?

– Não sei. Ele não quis deixar recado.

No domingo – último dia de liberdade antes do reinício das aulas após o feriado de março –, Phoebe e eu passamos o dia todo juntas. Contei tudo o que tinha acontecido e ela me falou da teoria dela, que era assim: havia escolhido George Clooney como o homem perfeito pra minha mãe porque sabia, no fundo do coração, que era uma meta impossível.

– E essa era a questão – ela concluiu, toda segura de si. – Porque você não queria *ninguém*, nem mesmo George Clooney, substituindo seu pai.

Tive de aceitar a palavra dela, porque Phoebe é muito esperta para essas coisas.

Na segunda de manhã, enquanto caminhávamos (eu mancava) para a escola com Rosie, Phoebe ainda não tinha parado de falar no meu pretenso encontro com George. Eu usava uma das minhas camisetas novas de Los Angeles, mas a calça era o mesmo moletom velho que vestia desde que tinha voltado, graças aos ferimentos.

– Acho que você o viu mesmo – Phoebe assegurou.

– Também acho – respondi.

– Mas – ela continuou – seu pai pode estar certo. Pode ter sido uma alucinação.

– É, é possível – concordei.

– Conte de novo o que ele falou. Não deixe nada de fora.

Passei então a contar tudo o que George Clooney havia dito, ou deixado de dizer, pela centésima vez.

Levamos Rosie ao jardim de infância e subimos a escada para o segundo andar. Não vou mentir: me deu vontade de vomitar. Tinha muita gente que eu não estava a fim de encarar no primeiro dia de retorno à escola.

A primeira era a Coisa Um. Ela estava diante do armário dela, entre nós e a classe, e não havia como evitá-la. Ela estava com um esparadrapo no nariz. Phoebe apertou meu ombro:

– Boa sorte.

Respirei fundo e me aproximei dela.

– Ashley... – comecei.

– Fique longe de mim.

– Só queria dizer que sinto muito. O que fez foi horrível. Mas eu não devia ter socado você.

Ela bateu a porta do armário.

– Nunca mais chegue perto de mim, Panqueca.

Lauren marchou pra perto dela, os braços cruzados sobre o peito.

– Você ouviu, sua maluca.

Pensei em argumentar, mas sabia que não faria diferença. Por isso, saí andando. Sentia os olhares fixos em mim no corredor. Phoebe se aproximou.

– Você fez o que pôde – ela falou.

Concordei, mas a verdade é que eu me sentia muito abalada.

– A gente se vê na classe – disse. – Preciso devolver uns livros que já estão atrasados.

Quando entrei na biblioteca, quase tropecei em Jean-Paul.

– Oi, *Pamplemousse*.

– Oi, Jean-Paul – olhei para os pés, totalmente mortificada.

– O que aconteceu? – ele perguntou, apontando as feridas no meu braço.

– É uma longa história.

– Queria ouvi-la uma hora dessas. Se divertiu no feriado?

– Sim, me diverti. E você?

– Foi legal. Fiquei com meu pai em Winnipeg.

Continuei olhando para os pés. Aquilo tudo era meio esquisito.

– Não fui ao baile – ele me informou. – Disse a Ashley pra esquecer. Não queria ir com ela depois do que ela te fez. Tentei ligar, mas você já tinha viajado.

Não conseguia desviar os olhos dos meus sapatos.

– Estava pensando – ele continuou – se não podíamos fazer alguma coisa no fim de semana, tipo ir ao cinema ou... sei lá. Podemos convidar Phoebe, e Andrew também pode ir.

Enfim, levantei a cabeça, mesmo sabendo que ele veria como estava ruborizada.

– Vou gostar – respondi.

Naquele fim de semana fomos ao cinema, nós quatro. E, no fim de semana seguinte, Jean-Paul e eu fomos ao aquário, só nós dois. Desde então, estamos meio que namorando. No último fim de semana ele veio em casa para a Noite Oficial das Garotas Gustafson, que, pelo que vejo, vai ter de ser rebatizada, porque não é mais só das garotas. Assistimos a *Treze homens e um novo segredo*, estrelado você sabe por quem. Dudley também estava, e ele e mamãe davam risadinhas cada vez que George aparecia na tela.

– Se George tocasse a campainha – Dudley perguntou a mamãe –, o que você faria?

– O que você acha? Mandava ele entrar!

Jean-Paul segurou minha mão o filme inteiro, na frente de todo mundo. Rosie ora se encostava nele, ora em Dudley. Ela não pôs o polegar na boca nem uma vez.

Jean-Paul está passando o verão em Winnipeg. Prometemos nos mandar e-mails todos os dias. *Se estou preocupada com que ele possa conhecer alguém?* Sim. *Se estou preocupada com que meu coração possa se despedaçar?* Totalmente.

Mas também começo a sacar o que mamãe disse. Você precisa estar aberta a novas experiências. Precisa aceitar o bom e o ruim.

É a vida, no final das contas.

A música começou. Cosmo estava em pé, lindo de morrer, vestido de *smoking*. O padrinho, que mal podia se chamar de homem, estava ao lado dele. Eu o tinha conhecido no jantar de ensaio na noite anterior. O nome dele era Ambrose e não podia ser muito mais velho que eu.

– Violet – ele disse ao sermos apresentados. – Levo, volt, leito, *love*.

Juro que ele disse isso. E explicou:

– São anagramas. Usando as letras do seu nome.

O que posso dizer? Esquisito, em grande estilo.

Os assistentes ficaram em pé. Rosie e eu entramos, espalhando as pétalas. Olhei pra Phoebe e ela piscou pra mim. E Dudley – confesso, ele estava quase bonito de terno – fez sinal de positivo para nós.

Paramos diante do altar e vimos mamãe entrar, seguida de Karen e outra amiga de Amanda. Mamãe usava um vestido igual ao de Karen e estava lindona. Juro que vi o peito de Dudley se estufar de orgulho quando ela passou por ele. Não vou mentir: ainda achava que ele era esquisitinho. Mas, como Phoebe gosta de dizer, há coisas piores que a esquisitice.

E, graças a ele, consegui uma boa nota na última prova de matemática. Enfim, havia cedido e deixado que me ajudasse uma noite. Pra ser sincera, ele era um ótimo professor, muito melhor que o sr. Patil. Era como se eu estivesse me matando pra aprender uma língua nova, e Dudley tivesse me ajudado a decifrar o código. A matemática passou a fazer sentido. Ele estava no meio de uma explicação quando o interrompi:

– Se magoar minha mãe, vou ter que matar você – falei sem tirar os olhos do livro.

– Vindo de qualquer outra criança, tomaria isso como uma ameaça vã. Mas de você... Sério, Violet. Não vou ferir sua mãe.

– Como posso ter certeza?

Ele deu de ombros.

– Acho que não pode. Vai ter de confiar em mim.

Confiar. Taí uma coisa que estou tentando elaborar. E, vendo Cosmo esperar ansiosamente por sua noiva, tive de confiar que ele e Amanda iam se sair bem. Talvez com alguns obstáculos no caminho, mas iam.

A música cresceu e Amanda apareceu de braço dado com o seu pai. Seu vestido era longo, *off-white*, simples e elegante. O cabelo estava penteado em um coque no alto da cabeça. Ela estava deslumbrante.

Quando os noivos disseram "sim", a igreja inteira aplaudiu. Eu também.

Ah, já ia me esquecendo.

Aconteceu outra coisa umas duas semanas depois que voltei pra casa. Chegou um envelope pardo pelo correio, endereçado a mim, do escritório de George Clooney. Dizia o seguinte:

> Cara Violet,
>
> Obrigado por sua carta a George Clooney.
>
> Infelizmente, devido ao volume de correspondên-

cia de fãs que ele recebe, somos obrigados a responder com uma carta-padrão.

No entanto, tenha certeza de que George agradece por você ter se dado ao trabalho de escrever e, para expressar sua gratidão, anexamos uma foto autografada para sua coleção.

Atenciosamente,

Escritório de George Clooney.

Depois que li a carta, tirei a fotografia do envelope. Era a mesma que tinham mandado da primeira vez: uma foto de rosto de George, olhando direto pra mim, dando aquele sorriso maravilhoso.

Só que, desta vez, tinha algo escrito no canto inferior direito:

Para Violet,
que é melhor filha do que motorista.
Tudo de bom.

George Clooney

Susin Nielsen começou sua carreira como roteirista de programas juvenis da TV canadense. Já publicou cinco livros e ganhou diversos prêmios literários, como o International White Raven e o BC Book Prize. Atualmente mora em Vancouver com seu marido Goran, seu filho Oskar e seu gato Sam.

Impressão e acabamento:

Orgrafic
Gráfica e Editora
tel.: 25226368